滄海叢刊

離訣

林蒼鬱 著

1980

東大圖書公司印行

中華民國六十九年十月初版

離訣

基本定價貳元捌角玖分

著作者 林蒼鬱
發行人 莊剛彰
出版者 東大圖書有限公司
總經銷 三民書局股份有限公司
印刷所 東大圖書有限公司
臺北市重慶南路一段六十一號二樓
郵政劃撥一〇七一七五號

行政院新聞局登記證局版臺業字第〇一九七號

序

靜圓

在小說藝術諸多表現領域裏，我的探索始終依循著內心的執守：對於生命肯定它有所皈依，而在生命迴向自我的途程裏，煥發出作品的精神。我在此寧願回頭認許各種情貌的可能。就林蒼鬱二十五歲的年華所展露的作品，無疑地，貞定生命的真實，是他對人性最真摯的奉獻。而這裏，已是素樸生命隱涵的壯濶力量，自廣邈的文學心靈流溢而出，可說是一場自性朝向真理珍貴的渴慕。

林蒼鬱是豐沛的，他的豐沛是一綑精神的張力，由他特異的語言形態及反覆思省的特質所織成，不管他在文學終極之前是否表示成熟，重要的是：他對待生命，以及面向人類。

在結集出版的這兩本小說中（一九七五至一九七九全部作品），自「曹屍男與歐陽司陰」至一九七九年初的「孤獨園」，這些作品可說是他內心世界對生存軌跡的投射，於這時期，他穩定了藝術上的造形問題。

「一影孤絕的形象」是他所自明，亦成爲冥冥中牽引的精神徵象，而林蒼鬱亦僅淡然的謙稱：這些作品結集乃是一場「年少驚夢」。這裏有他對自我深切的愛惜，及時光推移中極虔敬的美好性情。

林蒼鬱是剛烈的，但較難懂而真正能反覆廻盪於他筆下人物形象中的，却是他柔韌的一面。文學領域也猶如人間，剛強易折，柔韌才具有豐厚的綿延性質。在面向人類種種苦難時，不管是否借助人文的睿智，或宗教的慧力，乃至本性中的澄明貼切，真正的同情是洞澈問題的真實來源。

自「孤獨園」該篇以後創作的「闇夜的天窗」、「孩子，往前望那山巒」及「鋸斷的櫻樹」等，可說是作者企圖從他自我全整的內在理念向人類及歷史，他爲此生命的廻轉而支離原有操持的景觀，避去與外在世界相斷落的可能。一種新的脈動方式已經產生而未見成熟。這點，我以爲從創作而言，無寧是可喜的，畢竟，林蒼鬱整個生命的投置，在面向此深淵時，是及靈敏的。

我相信好的文評，是進入作者生命關切的中心，熟習他心靈的語言形式，且不拘守任何自設的文學觀念，並保有一份讀者喜悅的初心。好似一池潭水，平而後能映射。我於心靈深處是永遠向創作者學習的。

一九八〇年十月初

離訣 目次

曹屍男與歐陽司陰

——我的屍身是最貞潔的告示

如果這苦心抗拒夢魘的唯一理由是懦弱，曹屍男必須堅持夜行的勇敢。

仰臉時殘破的上弦月已向西面的山偏了，遮掩的雲飄逝時拖走了青黃的光暈而使天空變爲整片烏藍，雖鉗滿星星但把原有慘白的冷青罩上沙灘。暗灰陰濛的夜色，浪濤在掙扎什麼奮鬪什麼？砂石被推高又從成排的砂丘上隨同浪沫滾下。曹屍男認定宿命的神聖雄偉，如果無能轉救，唯有俯首承受吧！當然，這是必須具有絕對忠誠底勇氣的。

他拾起脚下一顆潮濕發亮的青色卵石擲向海，不很用力而能隱微看見浪花冒起頃又凋謝；但未在預想裏聽及那聲噗通，才察覺浪濤吼得眞眞逼人，暗伏像蟾蜍的幾個墨黑礁石背上也重覆滾跳泡沫。

曹屍男往海奔去。當退去的浪又衝來時他急忙後轉，爲了貪看月亮，在跑上凸起的砂石時，右腿踢着一塊大卵石而摔倒，瞬間浪撲濕了他的藍布褲。

他立時慘叫出聲甚至聽及逆山奔來的淒厲回音；當冷觸及肌膚，與岸平行綿延的山丘黑虎虎似也隨時要覆掩下來。從海中躍出來撲痛他使他抖顫悚慄的冷，在他驚愕回顧時，他立刻原諒了它，所以故意再俯下膝，緊咬牙根忍受那不能及時廻避的緊逼而來的浪的痙攣。

畢竟只是愚昧誠實的海。

上岸，不安地屏息，端詳浪濤的呼喊裏，是否隱伏一具擧手叫嚎的屍身？——那慘凄如屍身的陰冷在四週散開並迫害着他，令他陷在夜色的無助裏抖顫。而現在，流血的脚趾把他從驚懼中喚回到單純的疼痛。

疼痛使曹屍男清醒而能感覺一絲生命的實在。調侃自己：「嘿！我仍健在作海灘的夜遊人呢，曹屍男的身軀尚未冰冷，仍高擧雙手要去擁抱他的情愛啊！」微笑望海，從美崙港到海墓寮的沙灘似由他單獨擁有。

夜涼提醒回憶的凄迷。無意中已回頭咀嚼往日的澀苦與甜美：

那隔着四年光陰隔着中央山脈的西部海岸的夏夜，月亮一如往昔展耀她的誘惑。

紫黃的雲朵下，浪是澄藍的，波濤像發光的羣魚爭相擁來祝頌他。曹屍男擁抱着黃牡丹，用慣常的沉默在體溫中聽她歌唱。

幸福的子民都可稱爲浪漫詩人，雖然曹屍男說：「我的雙手不能在此刻適切描繪一切美麗幸福，牡丹，請妳原諒我的淺薄無知。」黃牡丹用娟秀的笑意回答他的雙唇。浪是柔和的，激情使海灘在兩人的滾動裏沸騰起來。

那是事後的隔天。多思慮的曹屍男笑得不自在，對情同手足的火爐說：「牡丹是個好女子，我會信任她高貴的情愛。」她出身書香門第，伶俐迷人，「不論因果如何，祝賀我好了，火爐請你祝賀我！」話說後，雖然他無法避開那滾騰的沙灘的悸動與失望，但立刻善意思索許多理由要嘲笑自己的紛亂澀苦。所以以更大的笑聲附和火爐高擧的玫瑰酒。那時他爲了堅持自己所謂的靈魂生命而落魄潦倒，但愛情和友情給予他富裕的快樂。

既然苦楚成爲抽搐的傷痛，宿命就要安排疤痕來記錄嗎？曹屍男像數着每一粒砂石要記起每個有過的情節。那種心虛曾是一種寬厚美麗的容忍，現在砂石仍是苦的冷的，却又想藉回憶來感念特殊的甘甜。——

木麻黃在清風中曳搖，沙灘在兩人的擁抱中接近沸點。黃牡丹舒齊的劉海披向兩岸，一如潔白俊秀在月光中發出玉石般高貴膚色的腿股。他清楚聽見牡丹馨香的呼息正喘急和着浪濤歡唱。喃喃自語，無人能聽清他的歌吟：「牡丹，我擁有世間最出色的幸運，牡丹，妳底溫存頒給我最神聖的冠冕。……」他要從自己二十四年來的純潔摸索最崇高的頌辭，他用黑影探索陽光的幽徑，「牡丹，我要單獨擁有妳的一切像妳擁有我一樣，……」而來自熱流的痙攣與想像的突兀，使他堅硬亢奮的物體瞬間已因快感與羞怒交迫出一道冰冷且震熱的抖顫，「啊！牡丹——」

他的身子在交感的翻騰裏逐漸恢復平息。

沙灘逐漸爲濤音佔據時，昏倦中他張亮雙眼尋覘月下黃牡丹緊閉的唇，「牡丹，爲什麼，爲什麼妳不留給我高貴的貞潔？爲什麼？……」他感覺到那仍等待滾騰的橫陳灘上的肌膚的冰冷。歉疚與羞怒使自稱男子的他躁急又俯下身，要逼出熱流似的雙唇像兩帖熱辣的鐵印烙及她的全身。黃牡丹訝訝睜開眼，已爲頃間所發生的一切交雜在甜美與羞愧的恐慌裏，她翻身穿衣，讓慣於沉默的曹屍男用往常的姿態擁她離開。她不復言語，但溫馴高貴一如往昔。

四年過去，掌中的細沙從柔細變爲粗糙甚至一列大小砂石，綿連成一堵凹陷險凸的冷牆。感受跨越的無力，但一翻轉身又是驚濤駭浪。

往美崙港回望過去，一羣撫琴歌唱的人們的篝火像病深的螢火蟲閃耀微光。那英俊的測量員張，問曹屍男：「你除了愚昧忠實擁抱標尺風中靜立，有一副修長純潔的身影外，你的貧困與憂鬱必無法抵抗我襲擊的一砂一石。」一羣人隨聲呵笑。

曹屍男未予言辯逕自離開他們。上司而某種狀況下也是朋友的殘酷只能用度量思慮感恩。他要生存下去，怯懦的身軀必須溫飽才能呼息，當吃力握緊沉篤冰冷的標尺，他只留心水平點和尺墊，他必須忘却浪濤風砂鹼濕的挑戰。這是一個等待開發的貞潔的海灘，曹屍男用冷漠與容忍表達純情，其信念如同對乎友人與情愛。

在離開時他曾考慮往明亮熱鬧的街市行去，他必須逃避孤寂。直到想念起患有間歇瘋癲住在海墓寮的歐陽司陰。三十二歲的歐陽司陰整整大他四歲，有母親一般單純的關愛，曹屍男等待着情柔，如意念裏想望安全無爭的國度。却那般遙遠。驅使他對情愛强烈的萌望或許因於對友情的畏懼，但後來連情愛也無緣純潔擁抱。這寂寞吞噬了四年仍無力超拔。這是宿命不須逃避吧！從歐陽司陰的神情裏，是必須勇敢等候證言的！

是三年前，火爐來信表示他已開始在美崙港發跡，當幸運使他的新船隻誕生並且結婚時，曹屍男却燒掉了那艷紅的請帖。多遙遠的事了？曹屍男懷着憂傷祝福遠地的友人。離訣黃牡丹後他已不再接受火爐的幫助，他放棄了畫筆放下了自己生存下去。

誰知道，二月前他隨着測量隊竟也來到了美崙港。這個暗疤般似熟不熟的地名，誰知道是否暗伏另一番疼痛？他儘量避免上街由於躭憂撞見故人，恐怕會陌生唐突得把對火爐殘存的懷念砸得七零八落。他們已是不同國度的人，正如鳥禽本當異林而棲不應强對啼。

宿命註定他往蒼黯的海行來或是預示轉機。唯一可以和浪濤抗命的該只是情愛的偉壯從歐陽司陰身上勇猛開放吧！曹屍男已是勇敢的探泳者。

當情愛不能貞定獨擁，他可以讓純情從某個端頭重新開始。像他把黃牡丹從方才摔倒的海灘的那塊大石隔開；而歐陽司陰就該把離棄她的丈夫用山阻絕。他的寂寞已是如此深，必須有純潔可靠的愛情來診治，有起始的端頭但不准測度結局的無奈或摧殘。

是黃牡丹先把定情戒指還給曹屍男，說：「因爲有開始所以也有結束，雖你我或許都察覺過快樂。」她畢竟是個具有聰明伶俐諸美德的爽朗女子，「我既不是你想像的貞潔女子，你也未必是我理想中勇敗寬厚的男人。曹屍男你非但纖弱並且信念不堅，你用容忍來維護磨破的尊嚴，錯了，那對彼此將是危險殘酷的。」

宿命就像快意但苦澀的去勢的憂慮，只在瞬間發洩而後沉淪在凋萎與疲倦中。曹屍男對情愛的理念使他對沙灘的驚懼難勝哆嗦。當彼此擁抱軀體却又無法讓自己的喜樂傳達對方，黃牡丹的失望毋寧是身影的薄弱而非對貞潔的羞慚吧！曹屍男只能假以她的美麗聰穎來懷念淵沉的愛戀，而避免再思慮其他。但導致他怯懦的，就像無力的感嘆：「恐怕枯乾的唇在發光豐潤的身體上，連一疤微小單薄的痕跡也烙存不了了。」那堅硬蓬勃的物體就像他緊握的標尺，在觸及風砂與浪濤時他雖試圖緊握尊嚴，却又不能自已地從尺墊匆匆滑落。

甚至連小小的畫筆也無法緊握，那永不能塗滿的黑影、永不可抗拒的濤音。曹屍男對理想的崇拜適所以造成殉道的意志。浪濤在掙扎什麼奮鬪什麼？月亮偏向山而風把鹼濕吹抹臉上，雲仍固守厚重的烏藍，在缺漏處星星爭相召喚着。

曹屍男再次屏息端詳掙扎海中的礁石，然後奮臂把拾起的乾澀的石頭往海擲去，細聲說：「我仍健在，仍要高舉雙手去擁抱純潔的情愛哪！」他堅定一笑，往美崙港回顧時沙灘的篝火已被港口的塔燈掩覆。作定記號，開始向暗黑的海墓寮奔去！

他在踩下砂石感覺受傷腳趾的疼痛時，吃力喊道：「歐陽司陰！我們原諒純情會有命定的端頭，但絕不能再容忍終點的出現！」

2

盧葦的漁船泊在近岸然後漸漸泅泳過來，一臉濕漉，短而齊整的髮淋得散亂，水珠滴落浪裏。

歐陽司陰照常在凌晨時泅到離岸二十公尺處的礁岩旁把捕魚的簍筐藉浮標沉入海。朱紅的朝陽用慣常的姿態從海面昇起。

悄然趨近的盧葦濕淋的手往她的肩輕輕一拍，因爲浪猛未有大驚，但歐陽司陰仍微有感覺而把臉掉轉過來——

「啊！盧葦——！」三年日夜的等待像浪濤用一聲呼嘯立刻把乾澀的沙灘淹濕。但那只是瞬間的喜悅，當歐陽司陰看清盧葦蒼白屍腫的臉殭死的瞳孔與她相距在不可呼應的國度，一聲哀叫，她的雙手雙腿在驚顫間癱軟下來，因恐懼而昏痲往浪濤深處的冷寂沉墜、沉墜——。

直到隱忍內心的生的意志在瀕臨滅絕時逼她作最後的掙扎，歐陽司陰在更冷冽掩來的浪裏被誰牽引着用力泅泳！……但陽光永遠在不能及的上方，孤絕呼喊也是無用的，她終於把疲憊驚惶當作自瀆的振奮撥臂上奔，讓臉接受光芒的閃耀——。

她終能確定自己依然生存。

站立水淺處把雙眼的水滴抹落，心有餘悸。但一張開，天啊！盧葦蒼白的屍身竟仍俱實在眼前浮沉，兩隻僵硬的手機械般反覆舞跳正要向她抓攫什麼！「啊啊！——」那犯了三煞的胸口的絞痛被屍腫的眼眸扭緊，啊啊歐陽司陰疲憊的雙手困苦作一種痛快的肢解，像把整面臉撕裂把絞痛抽搐的胸口撕裂，現在她陷入一種不能知解的夢魘她渴望泅入無盡的黑暗裏找尋那啄痛她的鷄喙，她的雙手酸痲但把木棒握緊往黑暗泅入，黑暗要淹沒她浪濤要淹沒她胸口將在瞬間爆裂！掙扎是如何一種樣式但生存之定義在凍冷黑暗中呼吼她的不安，她開始無助地哀叫：「盧葦！來救我吧！盧葦！來救我！來救你貞潔的妻子啊！……」

從無盡翻滾的噩夢醒來。歐陽司陰滾下床雙手仍緊緊抱住胸，冷汗已澆濕全身。

月亮在山巔照出一列青光，猶如一顆黑頭顱戴上輕巧禮帽。青瑩的光芒透穿苦苓樹的細小枝葉撒在矮窄的雞棚上，又從竹條窗檻射進屋內，竹床半邊發光半邊坐着歐陽司陰的暗影。

孤零零的三年第一次清楚在夢中看見盧葦竟是這般凄慘。上天用宿命懲罰她今世的苦難要償還前生未知的惡業嗎？歐陽司陰用溫純要隱忍寬諒所有的災厄，却不被稍微同情。她已無法在學會的冷靜中避開女人特別富饒的眼淚。當流淚時她無助地哽咽抽搐，茫然望向面海的東面的窗。

浪用慣常的陰鬱語音勸慰她；青灰色的沙灘從屋前延至海，百公尺距離她唯一能知解的只是悚人的冷。明晨黎明她仍須下海捉魚並撿拾卵石維生，三年來她在寂寞與痛苦的偶發性瘋癲裏忍聲吞淚。盧葦的回來是她殘存的僅有信念，等待，等待。但這樣摧魂折魄的噩夢是否預測孤苦的仍只能豐收不幸？是否只是殘酷的幻滅，要她在淪沒後撞及岸石讓操守的貞潔血花迸裂？

「我還能抵抗什麼接收什麼？盧葦，不必恫嚇我考驗我的忠貞，不要哄騙我用你的死亡，你是永生的，上天會同情我的。想一想吧盧葦，是誰安排你成爲我的丈夫，誰又策謀我們分別？天哪！盧葦，歐陽司陰雖愚昧但只能苦苦等候船隻倦老底泊靠啊！盧葦，回來吧！回來吧！」

噩夢雖是不祥的壓迫，但望向海時等待的情懷使她有着嬌羞。她把睡皺的髮梳齊。夜尚未深，近處疏落的漁家和碉堡駐防老兵的燈火與星光相輝映。

她把燈捻亮拿起鏡子。三十二歲已顯得過早老化的容顏仍多少留存秀麗。歐陽司陰想起盧葦時嬌羞地以粗糙的唇一笑，並披起結婚時期藍紅夾襯的短衫。

短衫已褪色。既成的事實要她承認歲月摧磨的殘酷。

新婚數月，和盧葦愉快詩情地居住海墓寮的草屋裏，晨昏在海邊散步喁語。二十九歲雖未嫌老但後來盧葦把她留在孤單中，藉剋期一去無訊息，證明那是不吉的結婚年齡。神通的小諸葛說她犯了三煞，這偶起的癲瘋比之原該在下轎時死亡還算是寬厚的福德，夫妻必須隔離三年。

孤獨的日子，歐陽司陰仍耐心爲盧葦的食癖養了一羣鷄，每次孵出長大後却又在她起瘋時死於亂棍，如今獨留一隻和幾個待孵的蛋。日子像不變的潮漲潮退，她更深等待健壯的肌膚回來熱摯擁抱。

歐陽司陰原爲港務局負責船期的職員，秀麗平凡但對男人的崇拜害羞使她延誤了出嫁。盧葦剛在美崙港發跡不久，雖不高大但顯得碩壯蓬勃，蓄着一撇代表成熟男人的羊髭。首次因公務會面，低沉的語韻和丰采，歐陽司陰已不能自禁地意亂羞紅。這無預謀的擧止使孤身的她不久就順利和已近四十的盧葦成親。

說各是仁者智者天配一雙，及對喧囂的厭惡，兩人在海墓寮買了一塊地建起舒適簡單的草屋，「山水會使我們更貼近，出海時我也可遠遠望及沙灘美麗的妳呢……。」盧葦笑時有一種磁性的震顫，在端望他褐黑滑亮的臉容時，嬌小的歐陽司陰被襯托出女人特有的嫵媚。而用嫵媚來思愛男人，盧葦成爲光榮高貴的丈夫，歐陽司陰二十九歲怒放的情慾在剛魅中獲得最豐滿的讚嘆。

幸福的盧葦用誘人的語音道出對婚姻的見解：「當我們交融在甜美中時，我們貞潔的撫觸宣告世間最光榮的情愛！」他的哲人式的談辯令歐陽司陰痴狂：「情必蘊於內而後形乎外，肉體和情意只容許密緻的調慰。」初婚的夜晚，屋裏的竹床，因他健壯的呼息而歌舞，正和月色的海呼應一種山水共歡的圖騰。當他的小髭和多繭的手掌在浪濤中一齊湧向歐陽司陰的肌膚，一朵花在被初墾的泥地植起，她害羞與奮地沐浴在男人勇猛與情柔交錯的汗流裏。

而後，兩人因快樂而疲倦，月光平靜下來，閉起眼睛傾聽浪濤用仰慕的歌沖撞沙灘。

歐陽司陰在靜默中反覆體嘗幸福。張開眼，和盧葦的目光交錯，羞得又躲入自己的髮裏。把棉被輕輕後踢，就要起身披衣。

盧葦旋身跳下床，赤裸的身體在月光中烏閃發亮，從背後把歐陽司陰的胸子抱得貼緊。

歐陽司陰嬌嗔跺得竹床唧喳晃，盧葦把伊抱回原位，一言不發身子重重伏貼下去，讓小髭搭配原有任務。

「噢！」歐陽司陰呻吟出聲，一陣暈旋疼痛。要讓自己回復單純的亢奮，纏緊男人的頸項說：「盧葦，你不能再有別的女人，好嗎？」

盧葦微點頭，小髭往下滑。

「痛！」不能再忍，歐陽司陰呻吟激烈，像什麼毒蠍從泥地往胸口奔鑽，「痛噢！盧葦！」

「我聽話就是，司陰別怕。」

「不要不要！」歐陽司陰尖銳呼喊甚至要把月亮擊落！盧葦愕然弓仰。「噢啊！……是胸口，像被什麼絞緊！啊——！」說完突然緊緊把盧葦呆止的身上狂亂拉扯，試圖藉亢奮掩蓋胸口的絞痛，竹床憤怒呼嘯。但猛然間歐陽司陰就像拔箭般奮臂一拳把盧葦推開！——

沉淪快樂的盧葦無由預防突擊，赤裸的身子已像一尾紅蟹吐着泡沫摔落地上。他立刻憤怒站起，瞪着她扭曲的胴體在床上翻滾，「救我盧葦救我呀！」痛苦哀嚎：「是什麼不幸啊啊盧葦？誰嫉妒誰是兇手要譭謗我的貞潔！……你不要再有其他的女人好嗎？盧葦！我的胸要等待你的忠實，痛啊啊盧葦你一定要救我啊！……」

風吹盧葦倉皇發抖，驚愕使他不再冷靜如哲人。

歐陽司陰總是在突發的意識裏瘋狂痛苦。但瘋狂時她在追逐鷄的呼叫裏却意外感受一種屬於盧葦給予般的快意；鷄變成一個詭異陰狠的形像，却也令她痴迷。當初夜她裸身在海灘追趕鷄羣，盧葦已因過度的摧殘仆臥門檻，雙手攤向無憂的月光。

在她渴望從離家近三年的盧葦收復新婚的幸福時，她確信胸痛唯一可以療癒的，是盧葦貞情的體溫。她的胸子已被歲月剝奪堅實，但不正也證實盧葦藴厚的手掌能有更貼切的匹配嗎？

「盧葦，什麼時候你才回來啊？——」那發亮呈褐黑色澤底身子的擁抱，暗誘病發的憂慮，但她却確信那像苦口的美藥，若能再澆入自己的土地，必可殺滅瘋癲的不幸。

「三年剋期過了呢，盧葦！你要回來救你貞潔的妻子，初夜的三煞不會在你回來後復現，盧葦你回來啊！回來救你寂寞的妻子啊！」

三年來藉種在屋後的香茅草賣人榨油貼補生活，也靠撿拾卵石給建築商；年來，她更學會跟附近的人們在早晨黃昏時把一筐筐裝有釣餌的魚簍放置淺海捉捕魚蝦。辛酸的生活把她磨鍊出類乎盧葦的剛毅，她也學知對旁人的卑夷，冷漠是唯一方法。除了病發的痛苦痙攣逼她陷入慘無人知的思念裏，清醒後，她把被追打得奄奄一息的鷄再抓去關好。然後伊回到海邊撿拾卵石，兩腿任奔馳的海水沖刷，也感到舒息寧靜了。有時，却覺得病狂時才是眞正的自己，拿着石頭棍棒大喊大叫追趕鷄羣，像另一女人高喊遠遊的丈夫快快回來。

夜如此深了。

歐陽司陰把圓鏡和梳子擺回原處，仔細理好短衫，倚立窗櫺甜蜜望向遠方海的墨藍。

3

短衫被濤聲激出冷意。歐陽司陰拉開門閂步向屋外的沙灘。

月亮已隱入山後，但仍把天空披上一層微薄紫銀。突覺衣衫單薄，像回憶的淒涼被歲月烘托一襲觸目驚心的哀嘆。

發覺一盞漁火向岸駛來，她屏緊呼息，雙眼圓睜如面對重大宣告，脚步跟着慢慢前挪。不久，漁火停止移動，落水燈照得船四週的海像一朵青綠蓮花。伊底探測觀望的觸角如同碰撞牆垣，再次在未能完好預防的失望裏碎裂紛飛。

潮濕的卵石自脚底傳達陰涼，當她回顧龐巨禿黑的宏明山，那逼視恫嚇的姿影下，草屋幽然散佈昂貴的曖色，並在簷前沙地畫出整齊的窗櫺倒影；屋側白淨的卵石堆適時成了寫意的烘托。她首次真切感覺自己一直深深眷愛這吞吐苦難的草屋，雖因日久失修而顯破陋，但盡責地呵護着她。——歐陽司陰用遺散已久的詩情來交融這熾燃的波動。直到感覺北面的沙灘傳來異樣聲音，想返身回去又被莫名的力量挽留。緊張地側眼凝望，一株黑影逐漸臨前，那詭奇的脚步在風濤中如此撩人，她預感與自己有所關聯。

孤寂培育她無益的敏銳，她的過份勞累的胸口在猜測中又開始了近似鐘鼓的雜亂嗡鳴，她必須即速知曉黑影代表何義以拯救緊縮的胸口。

終於，像碎裂的弦一聲鏘然，她鬆弛下來，已難禁熱淚品味着這份心動。當認清那是一株瘦削疲倦的人影，她失聲低喚：「噢！曹屍男！」

像第一次看見他的下午，她正蹲在床上沉思，屋外傳來人聲。兩個戴斗笠的男子手持沉重的長條標尺分立兩端；另一人披白色夾克，衣角在風中翻動，抱緊測量器架立灘上，用力踩踏。陌生人與她向來無關，但其中瘦高穿褐色套頭衫，在斗笠下年輕但蒼白憂傷的臉向她寫弄特別的感動。他緩緩往家門行近，低垂着臉却未留心脚下的砂石，那專注的神色似耽沉於深邃的憂思，無人可以試探。直至停步窗前，似仍未曾感覺草屋的存在，又往後挪斗笠幾將撞上茅簷。

白夾克的測量員向近海的人作了手勢後在簿上記錄，繞過測量器對面扭轉望來。窗前的男人把標尺重新立直尺墊上，測量員舉起左手或左或右微擺，然後停住，記錄。

歐陽司陰沿這相對的直線，從男人肩膀上方望向遠處正緩緩駛過的船隻。然後眼光退回到他的雙肩、白淨的頸項和微捲的髮，那樣貼近却也不曾發生友善的問詢。僵凝的靜默，風似乎停止浪停止。原已伸前要離開的腿又畏縮下來。

而那頸後的烏髮笑逗她的不安使她雙頰羞紅。就在此時，如同木門被撞破般她的胸口轟隆一聲迸響！——男人緊貼標尺的臉猛然間掉轉過來！死靜望伊，深淵的眼神在譏誚什麼警示什麼預言什麼？

「啊！——」被這突逼的景態所威懾，一束焚燃的羞澀在頰上爆放代替了胸口的鳴亂。

但男人憂鬱的臉肌尚未爲伊底驚愕羞窘變移，前頭的測量員張已叱喝過來：「老曹！你幹嘛？拿正啊！」

他又緩緩掉轉過去。但繁複多象徵的眼眸已擴散開來，並且無端向伊凝聚。

測量員擺動手勢要他離開。歐陽司陰爲他未再後轉有被辱的感覺，却從他蹣跚的脚步獲得慰安。——那背影複述着什麼囑告着什麼預言？……

「是曹屍男嗎？」她向逐漸走近的身影喊。浪濤把呼聲吞沒，褪色的短衫所留的明艷花彩在月下輝展。

「曹屍男！」聲音弱微下來。像他告訴伊這名字時，伊用本性的怯羞發音。他總是靜靜端望伊，一種故人重逢恨晚的無奈。

突然夜晚來訪，歐陽司陰要克制徬徨，「曹屍男……」黑影側臉專注望海，尚未察覺。

「你瘦削的身子如何對抗闇夜的殘暴啊？」確定是他，站起身來，考慮是否迎去，唯恐他會半途頹倒下來。「爲何只顧望海呢？那海只給我等候的酸楚啊！」上天安排兩人相識，顯示仍具有幾分悲懷。這月餘的幾次相處，她母性地呵護他試着慰解他，只奢想他能有些許喜樂破眉而出。此刻，她對接近的他已因哀愁強裝出微苦、但善意的笑容。

黑影突然有異常的姿態。「歐陽司陰！——」當她發現他興奮奔跑過來，她因驚訝而忘記回應，雙眼圓睜要在暗濛中搜辨原由。

「司陰！」曹屍男呼息激烈：「不要怕啊，我是曹屍男。」

「喔。」

「忘記我了？」他頓住，又快速迎來。

「曹屍男啊，告訴我，告訴我原因啊！……」

曹屍男的拖鞋踩入砂裏發出沉悶聲音然後揚起，她看見他風裏飄颺的髮微微鬈曲，臉由暗昧的青藍轉白，他以珍貴的笑意使她震懾，像彈開的砂石驚擲到她。「司陰！」「屍男，」……「司陰！——」笑臉宣告着什麼這夜晚的來訪預涵着什麼？「司陰！」「屍男。」曹屍男像爆伸的多蟄蟲雙臂張開猛然向伊環肩擁抱，「啊啊！」「我來看妳！」他的手臂更加用力！「為什麼啊這麼突然夜都這麼深了這麼深了，……」她害羞掙扎却又軟弱下來，而那蒼白的面頰此時以一股暖熱的鼻息向她驚慌羞紅的臉迫近，「不要不要！屍男不要好嗎？」

曹屍男像被冷浪所澆，笑臉立刻溺沉而失。緩緩放開了雙手，面向遠處海面上方的星光。

「屍男。」

「我是來看妳，唉。」

歐陽司陰不忍觸及這熟悉的神情。草屋的燈光靜默等候她來解救瞬降的夜涼。風從浪裏跳出，她感覺那沁冷沿他髮覆的頸側向面頰再刺入他憂傷的雙眼，「為什麼要這樣哪，屍男，這只能預示傷害呢，答應我好嗎？屍男？屍男？」

曹屍男雙眼木然回望草屋，把挺緊的胸放鬆下來，說：「我是不是已證實了勇氣呢？」思慮事實與想像永不能翻越的界溝，所引致的尷尬苦楚，雖然歐陽司陰的溫純使他能以最低微的感哀來閃避，「可是，連妳也只顧扮演冰冷的界石嗎？司陰，當我走過一段長遠幽暗的夜路，我不知道，夜晚眞暗得沒有盡頭啊！」

「原諒我，屍男，我是膽怯無知的女人。」

「可是今夜，一個月了，我思索了一個多月了，我不是魯莽唐突的人，我是厭棄矯情的。」

「啊！屍男，請不要輕易求證，我是軟弱的，原諒我，我們都已如此不幸。」

「妳提醒的是彼此可恥的同情吧！哈哈，何苦呢？或者說年齡吧，那封閉着什麼吧？時間本是過程，計較長短無非是冷酷無知的，司陰，不要敷衍內心的眞實，讓自己走出來，迎接我，好嗎？」

「不不！我愛我的丈夫並且等待。」

「但也不能以此完全否定曹屍男啊！天哪，請不要用回憶的甘美來譭謗旣臨的眞實，妳是在護衛我的懦怯嗎？或者妳，妳的胸痛？司陰，妳不了解我，妳眞不了解我嗎？」

永難了斷的懷憶的感傷與甜美，只有黃牡丹能眞正爲他註解，曹屍男所不能描繪的憂喜已從她身上染泛精深的彩畫。當黃牡丹身體散發的暗香向他提示了幸與不幸，他自嘲這些都是命定的那聚散的過程是據實的證明。但幻滅的苦楚或許是無辜的，唯一動人的是他必須學習在其間肯定勇氣正如眞理。

「司陰，妳停留在旣往的成就，貞潔是不該用懦弱附會的。——

「妳生定便是一尊崇高的牌坊，眞正眞誠的人便有理由等待走進；女人的美德妳是具有啓示的，所以我要問妳什麼叫不貞？——

「黃牡丹曾使我失却男人該誇說的信心與悍偉，唉，誰知道過份的懦怯竟是狂傲呢，妳知道嗎？就像失敗的常因暗傷所致。——

「逝去的究竟是甘或是苦？天哪，有情人生下來就要接受折磨嗎？司陰，如果妳只一味逃避也就太不懂得自省了。誰甘願受困？誰願意無情啊？——妳底丈夫會驚悟我的懇切正如妳體諒他對妳棄絕。但是，妳也別誤解我提醒妳同情我，懂嗎？」

曹屍男把閉起的眼張開，首先躍入的是草屋的燈光；他轉望身側的歐陽司陰時，才知她已伏肩輕泣。

「司陰，坐近我，好嗎？」

他又無端想起黃牡丹溫熱的唇，連忙殘酷揮去。左臂緊擁歐陽司陰纖弱的腰，右手捧起她顫慄的雙頰；他已不勝悸動失聲哭泣。

女人慣常的矯情虛僞，常使自身誤以爲是寬厚成熟的溫存，是流行的美德。歐陽司陰犯了三煞反而得以在瘋顚絞痛中眞確析理善惡。她的冷靜眞樸，連對女人一向冷苛的曹屍男也難禁心碎。

歐陽司陰如何抗拒？曹屍男如何抗拒？夜漸深星光愈明，風愈猛歌正昂。

現在，熱流陽光般從他和她身上向隱覆夜暗中的雲朶擴散開去，向髮下的砂石、向背後潺潺的浪濤擴散，沙灘濕涼一如遙遠的波光漁火，但無人去抗拒……。

甚至無人來得及提防，闇夜中他們逐漸滑亮的膚色散發着光芒已依次把整個海墓寮占據；棄置的短衫與藍布褲究竟交錯成何樣顏色無人敢發問。曹屍男緊閉雙眼，那昂然堅硬的物體比他想像的來得冷靜陰沉。是用回憶的酸楚來拼凑此刻的悲壯嗎？正向感傷矛盾而又不勝欣奮的歐陽司陰訴慰什麼啊？

無人知曉夜涼有多深，無人比歐陽司陰清楚盧葦銅褐色的肌膚此刻回來向她招引什麼慰安什麼！廣垠如山海的寂寞與思念，整整三年哪！此時無人會在喘息裏殘忍提起她所一直焦慮的、慘鬱的胸痛吧！她的已不再圓實的胸被一雙溫厚的掌所撫愛，但甚至連曹屍男也無法了知迷醉中她底更深更沉的感動。那初夜的歡樂回來向她爭訟分別的哀慘、重逢的快慰。只是，不能割切的盧葦此時在那裏啊！是否也有其他女子與他深情相伴？若夜色逝盡，是否新的信念新的因果要來追究這第二次的初夜？由誰接受報應？……啊啊！有誰知道此刻歐陽司陰在曹屍男甜美的困倦裏，正奮勉繁殖什麼掙鬪什麼？

夜色逐步離去，草屋的燈光在兩人的體溫中熄滅。

微青的月光從窗外的山頭照入屋裏，又從窗口跳下栽入沙灘。他們未曾再留意屋側的石堆與屋影構成何樣圖畫。月光跟着海風，一次次踏過沙灘上他們留下的痕跡，而後，爬過砂丘，跳回波濤裏，靜靜泅追依次趕在天明前歸去的船火。

歐陽司陰醒來時，天色微明。宏明山墨綠的身姿支撐着淡青曙光；碎石路兩旁木麻黃上頭，幾株瘦小突出的枝椏迎着殘星擺幌雙手。她細心分辨濤聲中隱微的騷擾：鷄棚偶爾有羽翼拍動；曹屍男的呼息在髮側，像乖巧的嬰孩摟住她沉睡夢中。她微翻身，把曲繞頸上的手慢慢移開，掀起棉被，抬開小腹上的手臂。

兩人貼緊的白亮胸臂像一則既存的佈示，移動間所鑽入的晨涼叮囑昨夜擁睡的餘溫，像說，發生過的固可段落但已長成命運的肢體等待去追究。冷意更栖惶襲來，她爲了去思解這些而又眷戀地捲曲被窩中。閉起眼，傾聽兩人頑皮追逐的呼息，怯澀地笑了，濤聲與突起的鷄啼立刻向木窗外畏退。

「司陰，」曹屍男眼未開就忙着探索枕側，才發現她已端詳他多時。他輕輕再把手臂伸過去，問：「天亮了？」

她被他的唇觸及感覺癢騷羞臊，竟慌張說：「我想我該到海邊放魚簍了，你同美崙也須及早動身。」光亮使伊不安，眷戀的溫馨引她懷憂。

「趕我走嗎？」曹屍男有令彼此驚異的甜蜜笑意，緊摟她，「我甚至不想分離。」他的甜蜜話語更加深她的思慮，爲漸明的光芒和完全隱逝的夜色疑惑凄迷。——昨夜是誰安排相逢而分離又代表何義？因因果果，三年來等待什麼哀苦什麼？她已失去用貞潔傲對寂寞的權利。曹屍男是否像盧葦一樣離去，只留給她一身等待的劇毒重釀貞情？然後再向另一個不幸的男人宣揚？

在重新騷動的撫愛裏，她的身子附同竹床發出低啞的呼叫。當呼息使她陷入另一種未能解說的夢魘，她的胸痛像熟知的友人回過頭，回過頭像傷口猛咬她一口，使她驚醒！「啊啊！不要不要！沒有根由的相聚必須趁早分離，不要讓不幸的花樹再結蒂，我的苦果已足夠……」

曹屍男俯在她身上的軀體潔白瘦長。從矮棚傳來的鷄啼把光芒翻轉入屋；面海未啓的窗像冷眼的旁觀者，疑惑端視他的沉醉。「司陰，我們已在昨夜彼此占據，是甘是苦都讓情愛長成果實吧！我們信守高貴的操守但不要再痴戀老朽的美德，不要拒絕新生，司陰，抱緊我，司陰抱緊我啊！……」亢奮中曹屍男慌忙摘下戒指套入驚愕的歐陽司陰指上；她所愼防憂懼的胸痛此時已像爆破後的火光慢慢歸復平熄。晴空萬里，她感動欲泣地開朗起來，像無憂的孩子靜聽四方朗頌的聲息，心慰而甜蜜，雙手蛇蝎般纏繞曹屍男薄弱的頸背。竹床墜落風浪裏，濤音轟隆掩過，殘存柵欄裏的那隻母鷄在屋外孤單啼叫。……他們同意起身。

門窗開啓既畢，歐陽司陰先行走出。曹屍男抖擻雙臂，在踏上沙灘時對着她輕躍起來：「這眞是今生最美好的早晨啊！」

灰青的天空從地平線處被浪濤轟襲而破。適時白亮開來，朝陽如圓熟的火炬植高，方露半圓，上緣鑽入與海面平行的蕈狀雲埂，灰黯的蕈蓋染成黃然後朱，終至一列艷紅醇熟的絹紅。頃間，陽光穿透較疏薄的雲層，萬箭齊射般把海刺劃成一道道閃亮的粼波。被剝去身衣的浪濤轟然將光線潑洒開來，兩人因被這突生的芒蛸刺痛在同時間把臉忽遽背轉。

她向往斜坡走去而又回頭的曹屍男說：「你對歐陽司陰許下的諾言，歐陽司陰會以貞潔回報。」她揮手道別，影子在他白淨微笑的臉上搖幌。

曹屍男背向陽光走往濱海的碎石路，準備返回美崙港。

歐陽司陰換上簡便的黑色短褲，手提鉗了魚片的簍網和浮胎行向海。

海由遠處的深藍逐漸墨綠而在近岸處轉成青藍，波光閃熠，她以手掌遮掩額頭。遠處已有四五個赤裸小孩浮泳浪中，兩個較年小的蹲在岸邊漠然觀望，也有提着布袋的老人佝僂着背往前撿拾卵石。她坐在熟悉的大圓石上，背着陽光，脚前正是昨夜擁抱繾綣的灘地，雖已被數雙脚印踩過，仍能幻想身臥的姿態。她害羞地伸出腿，要把痕跡抹去，却反而使之更爲鮮明。

曹屍男正從草屋左側凹陷的海溝，跳過大岩石到田埂上，海溝兩旁繁密的蒺藜把他遮蓋。草徑的晨露把腿褲拂得濕瀼。彎轉過一方小稻田，是整片已成熟爲土黃色的香茅草，草葉像長而鬈的髮曲成傘狀。到海溝末段，曹屍男順着路跡再滑身到乾旱的溝底，斜繞上對岸。

在幾株高大的桑樹旁，一棚茅頂護蓋着一個鐵板鑄成的大煉油桶，和堆得高高的香茅草。走過陰影時有撲鼻的幽香，他順手拾起隨步揮舞。

從斜坡跑上花生田，立刻被石路木麻黃陰影中的一對路人所驚，煞住脚步。

宏明山的草坡在陽光中閃熠青綠，山脚下的平頂水泥屋前，幾個只穿內褲的老人正愚笨吆喝合推着一樽大石。曹屍男的眼珠匆匆一掃又回到路上的這對男女，從衣着神態可判定是早訪的來客，行步時緩時慌，揚起微弱的砂塵。

「多熟悉的形影啊！是誰啊？……」他一向不輕易與人搭訕，在美崙港能被他認出的畢竟屈指可數。

男人披着一件土黃色夾克，顯出魅力與朝氣；女人及膝的黃格衫裙煥發生動的姿采。「如果在此與友人重逢，（可是又有誰是我的友人呢？）在這樣幸福的晨光裏，恐怕我這身邋遢的工作服要承領不了了。」

他揮舞手上的香茅草然後擱置頸上。

「那確實是熟悉的身影呢，那男的，是火爐嗎？……」

他因緊張以致於脚步紊亂踩歪數棵花生。如果三年的刻意離避却在這種情況下相逢，是該掉首逃離或感恩天意？火爐永遠成熟的氣派像不同血統的異族，自己雖已能孤單自立畢竟也是卑微的。雖曾是至交兄弟但無奈於彼此難以相應的情懷，也許刻意的分訣是深情的方式。那銅褐膚色的臉容、晶銳的眼光，總令他意欲爲自己的怯羞掩面哭泣。火爐曾重重拍他的肩胛，說：「小兄弟，你的柔韌才是最可靠的甲衣，來，多喝些玫瑰愛酒不要躭憂昏醉，來，喝喝！……」

男人向身邊的女人指示海灘後的茅屋，同時發現了曹屍男，右臂奮揮驚喜高喊：「曹屍男！曹屍男！——」

「天哪，是黃牡丹，天哪！……」曹屍男左腿站立埂上右脚踩凹了一叢花生，他在未被喚出時已確認是火爐和黃牡丹，那高貴巧妙的搭配用一種難以想像的方式出現，使曹屍男因不能立即瞭解並接受這個事實，而悲痛慘絕，「我曾爲了分離翻滾沉淪，哀如斷垣，我的友人、愛人已化成流傳的典故，但此刻他們的媾合究竟要向我追訟什麼教義什麼？」……他已因痛苦過甚正要轉脚奔逃，火爐適好用響亮的喉音把他喚住。

已是中年的火爐仍煥發熱情達觀的身采躍舞過來，抱起痴然呆立的曹屍男然後興奮捶拍他的雙肩。曹屍男因受駭過度只苦苦地笑，不知如何回應。藉着要看緩緩走來面帶羞窘却又故作愉悅的黃牡丹，他避開火爐飛舞如亂蓑的臉龐。但黃牡丹鮮麗生動的姿影只是一團不確實的光圈，陽光裏曹屍男被晶亮如往昔的火爐的眼眸撼得窒息。瘦長的他難以經受高貴友人的輕輕一鞭！

「屍男，你更高啦！」火爐保持適度的幽默。

「近來好吧！」黃牡丹裝作熱絡却仍難掩譏誚與自嘲。

曹屍男在感傷中極力鎭靜，「仍是蒼白瘦弱不堪一擊哪！」笑出聲來，好像眞被快樂染及，「命定的重逢，唉，火爐，我該去找你重飲玫瑰愛酒。」

「我昨夜剛回來，這三年我回到南部了。」火爐看看黃牡丹搓着雙手，低下聲來：「也許我和她有命定的因緣，語從何起啊？」

「幸福就是最好的解說，緣份又能辯解什麼！」曹屍男捺斷香茅草丟棄半截，把餘下的遞給黃牡丹，說：「很香的味道，該也能聞出吧！我熟記你敏銳的嗅覺。」

「離妻三年離你四年，我倆無從探知你的行跡。」

「也罷，都是昨日以前的恩怨，請不要責怪我的逃遁。」

「你仍孤身游走？仍選擇年少的斷劍奔趕江湖？屍男，你顯得詭異，叫你的友人如何自處？」

曹屍男一笑回頭望海。水中浮沉如萍花的歐陽司陰給他一種溫暖的音訊，那感覺振作着他，他說：「傳言總不堪說解，歲月代表嘲弄或告別？只怕今天又是有趣的起始，如何才算死絕？天哪！深情的人竟也是最最絕情的，我只畏怕無端受折磨，如果難以了却的竟也只是浮夢一場，唉，有誰願意向我兜售永恒的情懷？天哪！」

「你比以前健談。」黃牡丹終於等及開口的機會。他被她低鬆的胸口所吸引。

火爐問：「何苦一定要斷絕音訊呢？」

畢竟是一種歉疚，往日相聚的情誼以熟稔的語音責備他：「哈哈！就跟愛情一樣多慮懦弱吧！很可笑的，只因焦急自衛，到頭來侵略的也不過是自己，只是，仍不曾魯莽否定過去一切啊！」

成熟聰穎的黃牡丹仍微紅的臉的沉默讓曹屍男幾乎放聲大笑。——那麼崇拜的愛情屬於什麼？以一次小小的誤解來全盤否定嗎？——就像去勢的感覺啊！曹屍男想，憂懼使人逃避溫情，爲何火爐牡丹不憂慮彼此無端離棄？哈哈！講信義的人們，你們心中留有眞實的空間嗎？

「屍男，是不是個性的怯羞與對愛情的渴望使你對友誼感受憂鬱與不滿？你不信任我使我難過。」

「那過往的苦難罷了罷了，」曹屍男念及身側曾是試圖以情愛縫補自身缺陷的黃牡丹，有嘔吐的悲憤：「我活得很好啊！不要爲我憂慮不要憂慮啦！」

「你也居住此地？」黃牡丹問。

「一次情愛的意外，我昨晚信步尋來，唉，你們會相信我也有幸福的因緣嗎？」

「我的婚姻却有不幸，」火爐表示傷心顯露了奇特的扭曲表情：「宿命的無緣，她犯了三煞，變成了瘋人。」

「是歐陽司陰啊！……」

天哪天哪！——曹屍男痛楚的預感已占據所有能廻避的理由，那不幸的歐陽司陰在海中微弱的浮沉已把浪的鞭笞同時劈向他！陽光艷麗使他厭倦頹弱不能靜立，慢慢陷溺於不可掙扎的光之羅網裏。喧嘩渾濁的光圈中他鎮靜底語音反而顯現震顫！「上天造就了不幸，我們被因果所嘲弄！」而受傷的只是他和歐陽司陰吧！他把臉回轉，在目眩的陰暗裏，身側的人影像醜惡的鬼魅，他因不支迫害仆倒了下來，「噢，歐陽司陰的貞潔該由我來護衛吧！友誼與情愛給我們加冕最最淒涼殘酷的荊冠。火爐，她名叫歐陽司陰吧？你的不幸的貞潔的妻子！」

盧葦愕然，嚴厲答道：「一齊去看她吧！我本來就要與她仳離了，犯煞註定了彼此的摧殘，我無力忍受情愛太深的創殘無辜，只好絕情離開！唉，離開！誰受得了對自身崇拜底幸福所受的折磨！屍男，現在我也可以告訴你為何深情的人必須學習無情，我問你！什麼叫無奈？什麼叫貞潔！」

「緣份是好是壞都可以預謀悲劇！因果太過刻薄嚴厲使我們不敢信任。」曹屍男厭惡草徑上歪曲綣臥的身影，轉身面向陽光的氣氳往香茅草棚斜身行去：「我原不知她是妳的妻子，但我倆已相聚合，那是昨夜所肯定的無人能再轉變，請你原諒命運所有悲凉可笑的情節，並請為我倆歌詠福報。」

驚愕未醒的盧葦仍和黃牡丹木樁般斜揷花生田與田埂間，曹屍男在棚下拾起一根香茅草揮舞回望。在他們尚未近身時他再策身往乾燥的溝底爬向亂蓁後頭的香茅地。

「你該信任她的貞潔，但幸運與驕傲抹落你的德操。」他回頭說，聲音壓抑着憤怒。

「你的辯解實在是可笑羞慚的，你提起昨夜又護衛她的崇高，貞潔被誰過於歌詠以致無知它已暗自腐化？是你嗎，深情但虛偽的守護神？」火爐又把聲音壓低，說：「也許吧！也許貞可推咎命運，我倆或要誇耀友誼來防衛情愛的冷酷無情。」

「該說因果吧！」曹屍男說：「黃牡丹當然比以前更丰韻美麗；可是歐陽司陰三年的哀慘孤絕你竟用僵朽的名節來殘害她以求護守自身，也罷也罷！只能請她俯首承領這摧魂折魄的重逢了！」他直往海走去，兩人在背後踐踏他的身影悠悠隨來。

5

歐陽司陰躍躍身，抖抖手脚，像宣讀苦難般堅勇貞誠，趁浪小時迅速奔入海裏。凍冷的浪波猛烈抓拉腋間的浮胎，胳膊緊壓着，左腕吃力把要被摔開的兩個簍筐抓緊，右手和雙腿向前攀扒。在陽光下她唯有藉工作來揮却紛亂的理念，——曹屍男的體溫在肌膚上究竟爲她抗衡了幾許冷涼呢？

波光閃熠使她閉緊眼睛，牙床鹼冷打顫，直至感覺將和左方的礁石平行時她把眼睛張開。波光浪濤如同成羣的白鯊呼吼咬來，雙眼酸麻，那晃動腦中的黑色影像撲散而開，她辨別出那並非紫褐的礁岩而是熟悉的暗藍色漁船，她急於認明但波濤一次次撲身覆沒，她聽及引擎聲。

有人喚她。聲音從背後的沙灘傳來立刻又隨潮退的波浪捲入引擎中，船上蒸汽似的朦朧身影躍水游來喊聲更加浩大，那呼喚絕非瘖瘂柔情的曹屍男，最後她不能不承認那是盧葦，「天啊！盧葦！」她要前游却又思及後退，浪撲得緊，不容她執迷，那悲苦的等待突然聚滙成濤聲和引擊，撲掩過來了撲掩過來了，「屍男你在那裏，屍男請你指引我的選擇！」她已慌忙把魚簍摔開，噗通一聲浮標跳出，「啊！」她因驚愕把腋間的浮胎死抱，而呼聲突又從背後嘶竭喚起，那是盧葦他清亮的聲音就在身後，就在身後像昨晚的夢即將伸手往肩拍了！「不要抓我天啊不要抓我啊！」她在那猶清楚記起的屍身的幌搖裏暈旋，她微偏過臉但不敢確切後望壓迫的眞假，夢境如撲掩的浪拍打復拍打，她拼力前泗但魚簍擋住她，「離開我吧離開我吧！」喊聲更大而死白的軀體在海中翻打就像小髭在臉上誇張泗泳，她因痛苦酸痲瘋狂呼吼，身子碰一聲撞上礁岩，褐黑的巨物橫身擁住她，抽痛的腿盡最後的氣力一蹬但踢上一種未能費解的僵硬，沁痛的屍身的冰冷從脚掌傳擊幌顫鬆輭的乳房迸開全身，冷姦迫她使她畏懼於困苦中無力動彈，浮胎從頸上跳出時，髮順勢上甩又墜飄水中，她在沉墜中驚醒掙扎就像三年裏放任的無助，那呻吟如同哭泣幌擺的竹床。是生存的意念或情愛的神聖叮囑她苦撐奮鬪？但竹片戳穿全身冷冷淌出血來，在逐漸陷入不可知的安寧時那最終的快慰使她張伸雙手要擁抱對方。她終於在暗昧中不勝羞澀地思及夜色的情意，那白淨的身子她讓他不隱飾地植蔭全身，「屍男，屍男，來救我，來救你貞潔的歐陽司陰！……」

及至一隻健壯的手臂橫腰抱住，厚實的感覺使她從錯亂的呢喃中慢慢睜開眼來。

近岸時，她努力去看清被波浪淹及雙膝怔立一旁的曹屍男，她輕聲喚他想泗泳過去，但被抱得死緊。

耳邊的呼息多麼熟悉，身影和她垂披的髮在浪裏翻泳，她慌張回頭「天啊！」不及提防的驚懼轟擊而下了！「……盧葦，請放開我，請放開我啊你這無情的寃魂放開我啊！……」在艷亮的陽光裏雖未能望及短髭，但貼緊的屍身將從環抱的腰橫到輭弱的胸子了…「不要害我啊天哪！……」她在昏亂中咬緊牙根猛然奮臂一挫腿順勢踢踹迎向張臂等候的曹屍男，她聽見屍身冒出哀嚎且感覺不同於想像中的冷硬，她在掙鬬的勝利裏飛甩着濕髮，浪掩湧而來，她往前一撲，她和曹屍男像原本同體的藤蔓緊緊擁抱，「屍男，把我從噩夢中帶走，整個帶走，屍男！……」她嬌弱啜泣，髮絲濕透他的前胸。

猛然，曹屍男凶暴地把她往岸推去，對着海叫嚷：「火爐！火爐！……」聲音嘶竭，驚愕的歐陽司陰在砂丘上摔倒復站起，而岸上她一直未察覺的黃牡丹已狂奔過來重重撞得她又翻轉倒地！黃牡丹淒厲哀嚎站立曹屍男身側，浪沫迅速淹濕她的黃格洋裝，歐陽司陰爲她顯露出的美麗與成熟的身體深深羨慕並自慚形穢，但疲倦使她無法深思，呆坐砂丘，任水滴無力自髮梢衣衫滑落。潮水舔着脚踝，齒顫哆嗦，一把復一把將卵石在痠痛的手掌握得死緊。

曹屍男顚顚幌幌坐到她的左側，把臉矇在潮濕的掌裏。

黃牡丹嗚咽跪倒岸邊，髮摔披於潮沫中漂漂擺擺，微翹露白的臀部渾圓地展弄一則誘惑，歐陽司陰羞愧地學着曹屍男埋首掌中。

「是誰落海嗎？」

歐陽司陰怯怯發問而無人回答。但在同時黃牡丹揚起臉瞪視着她，然後跳起身大聲怒吼：「是妳害的！是妳害的！賠命來妳要賠命來！」咬牙切齒往低斜的砂丘衝，以致卵石紛紛滾落，她順勢拾起擲向慌忙閃避的歐陽司陰，卵石的飛馳像流彈從肩頭掠過！但又隨即撲來抓緊歐陽司陰頭髮銳聲嘶叫，歐陽司陰捏緊黃牡丹的雙拳試圖推開，被她怪異陰狠的擧動驚嚇得流出淚來！

兩人從砂丘滾到海潮裏，歐陽司陰不顧頭皮的疼痛迅速翻身往曹屍男爬去，右足失勢滑落，一塊大卵石結實滾壓脚掌，砂丘被攀得嘩啦下崩。曹屍男仍埋首掌中未被發生的一切驚動。「妳賠命來！」黃牡丹手一伸抓破她的衣領，她護着胸衝下，黃牡丹唉呀一叫，手一鬆被撞得一個筋斗，歐陽司陰立刻拔腿拼命往南奔跑。黃牡丹接連以石頭丢擲，她已跑到較平坦的砂地。黃牡丹依舊緊緊追趕！歐陽司陰終於完全清醒知曉自己曾因夢魘的恐懼把對方的男人踢沉了——她的歉疚使她面臨的奔跑被認定是自刑的任務。

曹屍男兀自讓濕冷的哆嗦占據全身。「因果的不幸究竟爲了何故如此苛刻嚴厲呢？」他的身心被熾亮的陽光所肢解，任浪濤漂流，僅存孤單的身影靜坐着。不久他已因不支而癱瘓倒臥凹凸的砂丘上，頭斜落於砂堆裏，雙手如斷木般橫遮灼痛眼睛的陽光。「我是個儒弱的男人嗎，竟不能去解救我的兄弟和任何心愛的女人，而現在我已受傷疲倦。歐陽司陰該來扶我起來，或者黃牡丹也是好的。」淚水寂靜地從臉頰落到潮濕的手上，他忍受着濕殲就像呑飲哀悼的傷悲。

「有一次，火爐，你拿錢陪我去訂製戒指，我用它作爲與黃牡丹的定情信物，而現在它掛在你妻子的指上。

「火爐，你竟用玫瑰愛酒把我灌醉，嘿，那是巧妙的方法，我可以暫時忘却愛情的猙獰，甚且在想念牡丹的胸子與身體時，還頗覺甜蜜痛快哩。

「可是幻滅逼我選擇漂泊！

「友情是碩實的，但可嘆的是它永不能如同情愛一樣來承載我生命中的全部苦難；我爲了保護情誼不被我們對立的哀喜所殘害，只好選擇分離的孤絕。

「但牡丹該怎麼辦？啊！她會有更好的機緣吧！她是聰穎達觀的女人，這眞是果報的巧妙安排啊！

「火爐，你安息吧！我會以對司陰的情愛來懷念你的不凡，並歌頌我倆有過的記憶，我是永遠崇拜道義與深情的，我們之間本無仇恨，不用掛慮，安息囉！……」

6

奔逃與追逐的荒謬既然只能等待對方因疲憊或厭倦才能停止，歐陽司陰唯有緊撐搖墜的身子，並留意背後是否擲來石頭。她的歉咎已在汗流中逐漸獲得補償，現在她能把所有的心力花費在無止盡的奔跑。

等到有一段可稍加鬆懈的距離，歐陽司陰用近乎哲理分析的冷靜，放膽留意女人的狀況。黃格洋衫已因摔倒而沾上砂土，水濕由汗水替代，左手執鞋，右手緊握超過她能力所能抛擊的卵石，近乎瘋亂的凶惡使歐陽司陰更感嘆她那原本姣美的臉容。而黃牡丹專注她的追趕如同忘懷目標是何人何物。

歐陽司陰因大意又被擊中腰部，微小的疼痛顯示黃牡丹體力已潰弱。她在仆倒時也拾起兩顆卵石，想回頭反擊却因膽怯作罷。等到拉長距離後，她自信地捏緊石頭，轉身擺出威嚇的姿態要向黃牡丹擲出。黃牡丹發覺時更大聲呼吼衝來，她被這勇猛所驚，石頭順手一丢慌忙轉頭狂奔。但左手依舊緊捏着，且悄悄把那呈青色的卵石移置右手準備。

她突然瞭解自己的荒謬，這樣可笑地盡力其中爲了爭取勝利，而忘却冷靜去認知屬於良心的愧咎，或者卑屈以求爲事情本身作合情的詮釋。黃牡丹所處於追趕的優勢是因爲她能專注於復仇的眞誠。歐陽司陰對對方扭動的年輕成熟的身段感到震懾與壓迫，那瘋亂飛揚的髮附和浪濤在背後緊緊壓迫過來，自己雖裝作輕妄而實際已被不安所困厄。

但在尋出某些條理後，她却感覺不快。復仇不該構成這種誇張，歐陽司陰知道時髦美麗的女人不是自己的粗鄙所能望及，但她仍想提醒她反省。

兩人幾次因不支跪倒，膝上磨出了斑剝血跡，爲了避開砂地的燙熱而取道潮水波及的淺灘。

歐陽司陰試圖每步都跨過短縮的身影，回頭向黃牡丹喊道：「復仇是膚淺無意義的！」有些自得，「如果妳是眞誠哀悼，就該儲備心力來對抗煎熬折騰的寂寞與思念，喂！都市人，妳懂嗎？」

背後的控訴總是凌亂不清的呢喃。歐陽司陰雖是溫存善良的女人，但對黃牡丹矯作的悲情只能選擇譏諷掩藏愧歉。她深知在奔逃的危困裏不能再有傷神的情緒使自己因疏忽而受難。她猛烈地思念曹屍男，他的容顏已成爲她的生存意志。三年的苦難後，昨夜的溫存顯得如此莊重；身爲女人，她有責任爲男人的情意維護尊嚴。——這些思慮的主題，使她輕易阻止了俯首受罪的信念，她將堅守原有的身子回去答覆曹屍男的等待。

復仇的莊嚴感在黃牡丹靈巧的玄思中，或只爲完成一次壯舉罷了；就如同對貞潔牌坊之熱愛並非眞正心意，而導源於對孤獨的沉溺難解，加以旁人對守貞的盲目崇拜，托襯女人爭相流行那般款式。而歐陽司陰知道對曹屍男的情意本是夜色浪濤長久所拼湊而成，但現在她同意了遵從的可貴且甘願放棄這三年的輝煌記錄。「但我害怕。他的情愛如果只是浪濤一陣，忽湧忽退，我害怕，我懇切讀誦的將是輭弱女人所無力承擔的恥辱，何況，又是第二次，換作任何人也無法擰乾這濕透的身子！」

但她畢竟是單純的，既然奔逃的疲憊飢渴已成難解的困境，她唯有以對曹屍男的想念來支撐，禱告這遊戲快快結束。

海像一池腐敗的穢水重覆而無奈地拍擊岸邊；沙灘變成不可拔身的爛泥愈陷愈無助。風都停止了，沒有漁船或海鷗從乾枯的眼前飛過。陽光如一片透明玻璃隔絕了外邊花紅草綠的世界，她們在冷灰與暗藍夾襯的囚籠裏像無知的獸呆板地流汗、喘息、呢喃、奔逃與追逐。

遊戲拖拉了半天，太陽已逐漸偏西，她們幾乎忘記等誰的掌聲？受誰的命令？該如何停止？

但歐陽司陰已不能再掩飾對奔逃的厭惡。故意把一直緊握的卵石在黃牡丹專注提防時擲向海，噗通！「請思考我對妳的嘲笑吧！錯了錯了，不要用美色與淺薄來笑鬧我的樸實！我的男人仍健在仍躭憂着我呢！可憐的喪夫的女人，妳千萬別奢想以一天的體力來貶抑我曾對蘆葦苦候三年的輝煌成就啊！妳向我報仇是絕不能收到光榮的！」

她開始以欣賞的眼光，留意黃牡丹呆痴般顛幌擺顫，口裏吟哦有詞。歐陽司陰希望在回望裏，每次都能看見她仍有追逐的快意，那樣多少是代表了眞實不虛的悲痛，好像就有贖回男人生命底希望。「其實死了不是更乾脆坦然嗎？爲何苦苦眷戀啊？妳太高貴囉不了解守候的煎熬才眞是錐心鏤骨哪！」

想及被追逐而致死爛的鷄，歐陽司陰引昇的同情鮮明地把自己放置在那鮮血的憂慮裏。她曾是瘋狂追逐的兇手，現在却扮演無辜的逃亡者。

雙腿的酸痛終於使歐陽司陰栽跪在潮水裏攀爬，短褲被時淹時退的浪沫澆得濕癢。囈語般祈望黃牡丹能及早領悟失敗，滿意地甦醒歸去。她的良知囑咐她在對方停止前必須繼續奔逃下去。

遇上一羣撿石的孩童和老人，都好奇的佇立觀望她們。歐陽司陰掩遮被撕裂的衣領，把皺縮的短褲拉低。才發現人們只顧身後的黃牡丹。她取笑他們的專注沉迷，難道這宏明山末端，凹陷兩峯間的小村落，不曾出現年輕美麗的女人？且饑饞到毫不忌諱她蓬亂癲狂的德性？

她回望時，黃牡丹仍以跑步的姿態作一種擺幌的蠕動，兩手各抓一隻鞋要擊打過來了！

她爲了順便貪看逐漸離遠的人影而被凸出岸灘的砂丘撞倒！身子在暈旋中橫滾！就在黃牡丹逼近時她奮力撐身，驚惶間她發現對方的黃格洋衫在腿腋間被一朵腥紅前後黏貼，使該處顯露狐魅般的輪廓。

「老天！原諒那羣好奇的人！」大概由於月事引致的汚穢吧。黃牡丹却像無所謂或不知此事，鞋子已威武高擧，就在俯撲擊下的同時歐陽司陰身子一閃往沙灘奔爬過去！——前方是一個冷落而長滿藤蔓的小碉堡，她雙眼圓睜吃力撐起身子，但藤蔓的尖刺使她崩潰，頃間已像面臨絕壁的刑犯跪倒下來！

砂地微溫，舒柔地貼上汗濕的肌膚，宛如肢體已在過度的酸痛中麻痺，除了呼吸一切聲音皆已停止。……風開始傳來微涼的撫慰，這是生命的段落，在被攻擊之前她要眞誠體驗這無奈的寃屈是否如同命運？——

可是擊落下來的只是照亮右頰的陽光，左側的陰影裏，潛伏的攻擊仍未有動靜。……一分鐘兩分鐘，對方的休息與準備超過了可能的時限，俯跪的寧靜開始因意外的延遲而悶躁起來。

歐陽司陰毅然轉過身子望：黃牡丹坐在海水冲濺的灘岸，弓着背不知專注何事？浪沫殘留於濕透的黃衫上，從背影和波光的明暗對立，歐陽司陰對彼此弓坐成直線的姿態感到興緻。但仍提防地撿了兩顆卵石擺放身側防備。

黃牡丹的一隻鞋漂出她的黯影，被湧來的浪呑捲不見。歐陽司陰等待另一隻的下落。

在黃牡丹屈身俯望時，衫裙掊出白淨的腿股，緊握左手的鞋跟也斜幌了出來。——歐陽司陰感到心情鬆懈不少，便撑身站起勇敢繞到黃牡丹身側欲窺究竟。

黃牡丹回頭對她微笑。又俯身以右手往陰處揭抓，擧出時已沾了一手腥紅的汚穢，抹在灘砂上再重覆着動作。

歐陽司陰僾僾望着，因哀慟濕紅着雙眼。

同情使本性的溫存更顯傑出。黃牡丹信任地笑着，讓羞窘的歐陽司陰爲她把衫褲洗淨，聽她奇怪的慰安，放開緊抓的具有威脅的鞋，歐陽司陰立刻把它丟入海裏。黃牡丹一楞起身要去搶回，被拉阻，體會友善底擺手，表示她是應該大方放棄的。

兩人顯然都同情着彼此落敗的頹喪，默然往回去的路走，忽疾忽緩。

太陽逐漸呈紅，將臨宏明山頂時，她們已遠遠望見轉折向海墓寮的海岬。其旁的一條淺海溝微張了水位。

黃牡丹在暮晚的海風中逐漸回復晨時的穎慧秀麗。歐陽司陰爲她把髮拂梳到腦後順風微飄，撫平紊亂的衫裙，感嘆地說：「很美哪！妳男人死也不能把妳忘記的。」由於同時想起曹屍男，她輕易避開了女人所該有的嫉妬與崇拜。

黃牡丹却以似知非知的雜淆不清的語音呢喃：「男人都是多情的人，但未必眞的深情。」使歐陽司陰吃驚了一陣。

天暗下時宏明山成爲一頭墨綠的巨獸，仍未褪去的幾片嬌艷暮靄搶據着山背的天空，山海間的碎石路排列着木麻黃，她們已從轉角處望見遠前方，海墓寮背後的笠形峯；但仍無法識明草屋的位置。歐陽司陰疲倦的臉透出月光般的光澤，與奮底脚步愈趨愈快。

7

月亮微缺逐漸在暗去的天空清晰顯露。

除了中午避開灼痛的燥熱與飢渴，曾靠坐在草屋的簷下，曹屍男把全天花費在那塊並不令人喜愛的大石上。昨夜沙灘躺臥的痕跡他懷疑有人故意弄亂而引致他的不快，破壞了對昨夜甜美的沉醉，甚且羞惡的是無法叫黃牡丹不被想起。那西部海岸的家鄉像浪濤忽近忽遠，他背轉過去，木麻黃就像一羣鬼魅成羣自背後擁簇而來。「所有被爭相傳誦的美德與高貴對我而言是虛幻可笑的，就像功名是愚人的生存象徵。我不執着世間無常的美好，但希求不傷害歐陽司陰的溫存樸實，我希望她能平安在我身邊相伴到老死。」這樣想時，他內心泛起的不安，毋寧是因爲盧葦與黃牡丹，他們畢竟也是自己心愛過的人啊！男人該有的寬厚度量是他所一致尊崇的，以及道義。全日的守候裏，波光灼痛雙眼，卵石與陽光燙熾肌膚，但他眞心奢想盧葦能再伸出雙手，他確知自己將會不計魯莽躍海相救。

而現在天已全暗，提醒着憂傷的漁火四處閃耀。焦慮已殘存爲微苦的失落，守候的姿態顯得寂寞孤單。「只要在三人中隨便留下一人也是好的啊！海墓寮的寂寞本不屬於我，我在此地是新生的、幸運的人啊！」

他思慮回美崙港的念頭一次次被否定，「如果現在我回去正是怯懦承認落敗，是不講情義不負責任的男人！」

近海的大礁石上，韻律奔湧的浪沫辛苦躍上頃又滾下，暗黑的身姿虎視四週。曹屍男在想起盧葦的屍身時，努力從呼嘯的波影裏分辨，並且起身到臨近的岸邊尋找。月亮整個跳出雲層，豐滿的上弦，星光緊跟着探出臉來。

他匆匆跑回草屋把燈捻亮，再到沙灘回望溫暖朦朧的光圈。似乎是一種慰藉，唯一的友人。然後他把拖鞋擱在石頭上，脫去外衣和藍布衣褲，在淺灘處踐踏着漸冷的潮水奔跑，呼吸猛烈，呼呼地掩覆濤音。

也把內衣整個脫去，端坐大石上。

當發現礁石後邊，白亮飽滿的物體隨着波浪拍打時，他哆嗦起來。

試圖使自己鎮靜鼓起膽量，他走上小砂丘，卵石的滾動嚇了他，從被沖陡的石堆滑下淺灘。潮水湧上雙脚，冷意沁涼地刺透脚掌傳遍全身，却平衡心中驚跳的寒意。

可以確定那是一隻把褲管脹破的屍體的大腿。

他等候全身浮現，心情有如用頭顱抵擋浪濤，被恐懼的痛楚所推擠、折扭。

全身抽搐酸麻。終於逐漸把逼他嘶聲哀叫的悚慄壓抑下來。他掉轉頭，顛顛幌幌爬過低矮的砂丘，雙脚套入拖鞋裏，在圓石上站穩。

拍打如浪如屍身的驚恐，使他一再回望草屋的燈光是否在淒風裏滅熄！

從殘留的衣服可以確定那是盧葦。腫脹如桶的慘相使淚如堤潰。他的哀悼儀式選擇鎮靜的觀望與落淚。

左腿擱着一個魚簍，像逗笑的鬼臉；曹屍男記起那是早晨歐陽司陰所擺放的，僵硬上擧的雙手被腫大的圓臉分成招喚的姿態。

曹屍男以慣有的貞誠沉默回應他，直到在屍首腮邊發現一窩被礁石擅裂的皮肉，他痛哭出聲，蹲坐下來。

他在冷淒的月光下向盧葦誇耀勇氣，沉着地從礁岩上跳近屍身。

屍身隨着波浪逐漸浮湧過來，已到近岸。聽見脚步聲遠遠傳來，曹屍男顯得興奮，屏息分辨但故意不把臉側轉。回想昨夜此地的相逢，影像歷歷。「屍男，去那裏了呢？屍男！……」脚步裏他聽出是興奮輕快的歐陽司陰和悲痛的黃牡丹兩人。

他滑身到灘上。在女人們尚未驚呼前，謹愼地把鈎在屍體左脚的魚簍拉出，却發現釣鈎已鉗入腿股，一拉竟拉出幾塊蒼白的皮肉。他幾乎昏厥，停止了嘗試。然後，顫慄地抓攫夾克微剩的空隙，屏住呼吸，避免望及被撞裂的臉腮和散疏欲落的短髭，把屍體往岸拉拖。——沉篤的磨擦聲陰沉哀怨在砂石間傳開；屍體濺起的水沫濺到他的臉！他像受夾殺的囚獸，悚悸鬆手跌坐砂丘的斜坡上。——頃然，黃牡丹已淒厲哀嚎奔衝過來！歐陽司陰呆立須臾亦奔擁向他。——月亮突被驚擊崩墜，烏雲順勢蓋掩天空，浪濤尖聲怒吼！

「好了好了，黃牡丹，」也要截斷自己的悲痛來接受歐陽司陰熱情底吻抱吧，他側臉向跪擁屍體哭泣的黃牡丹說：「不要埋怨啦！承認因果才是對的，你雖缺乏信仰的智慧勇氣，但也應知道哀傷只是徒然的。」

「你認識她？」歐陽司陰問。他尷尬頷首。她用手掠掠頭髮，聳聳肩，對黃牡丹的痴亂表示遺憾。

曹屍男咬咬嘴唇，嘆氣道：「自作孽啊！」轉向黃牡丹：「女人都是這樣的，自以爲曾有過諾言便貞的根深蒂固了。」想想，又補充說：「事情過幾天妳輕易就能平靜忘懷了。但是不要把悲傷完全擠拉到現在急於清解啊！萬法無常，容忍吧！何況太上忘情呢！」

他對歐陽司陰說：「黃牡丹是個自認高貴的女人，他（手指屍首）到目前爲止還算享有她的美名，但幽默的事是防不勝防的。我只求妳單純喜愛我，不要錯認自己優異獨特，愛情只容許平等，懂嗎？」

「男人是她的什麼人，這般英勇？」

曹屍男冷冷答道：「未婚夫，」然後環手抱她，不顧黃牡丹隱藏不住的憤忿難安，「却是妳故有的丈夫——盧葦。」

既成的事實引發的後果既不能抵擋，曹屍男唯有睜望演化。

「啊——！」

歐陽司陰的驚愕在頃刻間潰成一句凄厲慘絕的哀嚎，聲音在冷風中凝聚、碎散！曹屍男在這不及想像的突兀裏，木然任她掙出臂膀跪爬着從砂丘滑下，伏倒屍體旁，往即將脹裂的土黃夾克猛烈捶打，「盧葦啊！盧葦啊！……」三年的等待成爲破墜的殞星，哭嚎像折碎的卵石把海墓寮鞭打得更凄厲更倉皇；甚至黃牡丹也被驚得跪倒學她揮舞雙手，吱唔抽泣有如躭憂屍體會突然被捶破而致血花迸濺！

「請歐陽司陰停止好嗎？請停止哭鬧好嗎？」

「盧葦！盧葦！你說話盧葦你說話啊！——」

「停止吧停止吧！我又是誰啊？那辜負妳的丈夫既已死去，妳就銜哀悼別吧！司陰，爲我想一想，好嗎？」

曹屍男無法忍受屍體上驚動的，隨時會被迫射出的小髭，扒在砂石上伸手要拉開歐陽司陰揮打的左手；黃牡丹默契地要去拉右手，兩人相互一望有同謀者的親切友善。但立刻都被歐陽司陰猝然一抓往前撞傾過去！「啊呀！」雙手觸及殭腫滑亮的屍肉，冰寒使兩人驚慌避閃如同面受致命的殺擊！

歐陽司陰已哭喊躍起，衝上陡滑的砂丘隱入兩人不能望及的沙灘，從哭喊的聲位能分辨奔往草屋。曹屍男立即聯想到晨時驚啼的鷄。「天哪！又起瘋了。」熟悉的景況浮現開來，她將像一個狂孽的兇手追殺驚竄的鷄。曹屍男連忙翻身跳起從歐陽司陰背後踉蹌追去！

胸口如索絞刀剮般的疼痛，歐陽司陰雖自知難以煞止，但瘋癲中仍設法析理一份清明。宛若變成兩個人，一個站到旁邊，漠然冷笑，端詳另一位奔躍狂嚷！手一揮抓起撐窗的木棍，往鷄棚的矮檻一踢！鷄驚惶拍翅從孵蛋的甜蜜中飛起，四竄啼叫！往山的方向，在面臨海溝後把頸探得更長，啼得更叫人發狂，轉過頭往海跳去！——自己也無閒在這匆遽的追趕、在興奮與錐痛的胸口間回味今天的奔逃裏，黃牡丹的狂亂所註釋的究竟是不可救解的悲痛或矯情？而自己對鷄的追殺到底要復什麼仇消什麼恨？該如何停住？……

接近海邊時她能感受到波濤沉痛的廻盪，却無法服從曹屍男的抵擋，不由自己地奮力一棒將他擊倒！鷄跳上屍身，落到臉上破裂的肉縫時稍稍一個蹭蹬，歐陽司陰的木棍立刻揮落！小髭旁呈弧狀的腮幫，立刻有新的窟窿用感恩的姿態跳出！「啊！——」曹屍男與黃牡丹和自己的呼喊與海濤聲籟相碰撞。惶莽間她已躍過寬脹的屍身，她的棍棒焦急地找尋目標，才驚覺浪濤已佔據了雙手，鷄仍伸長頸駁訴什麼，一個翻身立刻隱覆海濤中與漁火同失，四週洶湧與奮着，耳中一切轉爲寂靜；閃熠的，熄滅。昏暗像深不可測的井，引誘生命向它探視、沉淪……，有一個聲音在喚她，引她進入，「盧葦！等我！……」

「歐陽司陰！歐陽司陰！回來！回來啊！……」她醒覺過來，「啊！屍男！」她不顧再分辨她面臨的是什麼？浪像陰險的蛇纏繞她使她只有選擇掙扎！這困苦的境地令她感到悲壯，這是她最後所可能面對盧葦的答覆，三年的沉浮凝成泅泳的手勢，「我要回到岸上，屍男，救我！……」而浪兀自撲噬她抖顫害羞的胸子，她丟開手上的棍棒，像嬌憐的母親緊護着，像曹屍男溫存的撫愛，她的身子在浪中慢慢傾覆，從撲打的髮隙中她看見呆立岸邊的曹屍男，像一盞遙遠的漁火，被淹撲過來的浪逐漸呑滅！……她在昏倦中猛然想起手上的戒指，但雙手已無力動彈。四週漸暗，曹屍男愈離愈遠，她流出感動的淚微笑呼叫，「屍男，來救我哪，屍男，來救司陰的貞潔哪……。」朦朧中仍可看見忽近忽遠的曹屍男，月色般赤裸的身子隨浪濤撲來又退去。……她終於滿足地放開雙手，讓胸子害羞的心意，溫存地往曹屍男不語的眼眸漂入、漂入……。

8

曹屍男把脫棄的衣褲、拖鞋一件件穿回。

「因果造成等候的無義，但宿命安排我們併肩在此。」曹屍男回去把草屋的門窗關好、燈捺熄，回來對黃牡丹說：「我們爲了定義情愛的永恒，抵抗命運一切的折騰與幽默，唯有堅貞相伴不復分離。」已是如此疲倦無法再在闇夜中撐立沉思，對歐陽司陰的浮現，以及盧葦的歸屬，像艱深的課題，只能請求駐防的守衞代爲盡力。

「牡丹，我們回去吧！」

他把手搭在黃牡丹腰上，盡力摟緊不給予任何拒絕的機會。體溫如暖流把過往的典故一一提示出來，並以最後的結論作爲註解。

「對這四年光陰的侮辱值得我們深思啊！太過自得或不滿足使我們在眞理之前受到矇蔽，服從命運的暗示原來也是需要無上智慧的，懂嗎？但這被摧磨過的情意雖學到冷靜，却是暗疤四處了。我懷疑，除了盲目或魯莽，我將不知貞潔爲何義？深情的人究竟要如何才能獲得牌坊啊？

「我的勝利得自隱忍靜默，就像昨夜的來到。昨夜我自歐陽司陰的貞潔獲取冠冕，哈哈，妳必將在往後的夜晚感受到那份神聖，甚至無須借助月光。哈哈，牡丹，女人感受神聖不是最輕易順當的嗎？多麼像沙灘接受海底撫慰那般自然而又富於詩情啊！

「牡丹，我現在問妳，什麼是情愛什麼是貞潔？什麼是命運的神聖？安排誰去受折磨？

「不必回答！因緣註定在被劃分的界溝中浮沉，誰也不能確知美德，沒有岸！從現在開始展現妳高貴的身姿吧！不必等待結論，因爲那是永遠不可靠的。就從這海墓寮作起點！但我要提醒妳，牡丹：所有愚昧的人都會苦苦等待終點的功名。牡丹，我眞想告訴妳，在夜深時妳甚至不知身處何處，却害怕地感覺到四週有那麼多那麼多的眼睛，在唱：信主得永生。哈哈！妳信誰下了地獄？嘿！牡丹我救了妳囉！妳也救了我啊！我是妳的主妳是我的父哪！」

曹屍男對黃牡丹的情愛選擇了苦澀的註解。但命運的因因果果造就今夜的月光。在暗昧中析理浪濤的呼喊，由於習慣沉默，早已遺忘酸楚背誦過的關於涉水的冷暖。

他在回憶中冷靜分劃段落，選了昨夜來時熟記的那塊大石，端正寫上「盧葦」和「歐陽司陰」。感到手的酸痛，又慨嘆一番幾乎落淚。

而聰穎成熟的黃牡丹，在喘息中仍輕易顯示了原有的高貴與溫馴。「四年囉！」曹屍男的肌膚以閃閃發亮的蒼白削瘦，向拂慰祝賀的海風問訊。海風拂過山、拂過浪往南吹去，又悄悄從南撲向北；砂塵陣陣撩起又傾落；漁火如星光閃熠淒迷，海潮濺起一陣浪沫，又慌忙退後。

曹屍男終於不勝感動，噙着淚柔情地對黃牡丹說道：「我隱約聽見故鄉海岸的木麻黃，正激烈曳擺着雙手呢！那呼喚我們的熱切眞像故往年少的貞情啊！牡丹，妳看妳看那上弦月，看哪牡丹，都向西面的山偏了哪！」

・一九七六年七月寫・

悲懺朱蘿哀

1

烈日高張的天空，先是被飛擁過來的烏雲所佔據，陰暗間，才數分鐘光景，悶雷已開始在四方低吼。

髒亂破陋的客運車像橫行無忌的怪獸，挾颼翻騰的砂塵直往坡路衝。在經過水泥橋的凹縫時，一個大蹭蹬，全車人鬱壓的沉悶與不安連忙順勢嘔叫開來，動作誇張，東倒西歪地咒喊著。司機竟心慌地把車急急煞住！車的前身就這樣傻傻趴俯路面，而屁股却高高蹺在水泥橋上。

乘客夢醒般紛紛要站直身子，臉拼命擠向窗外，還以爲發生了精彩的事故呢。橋下方，流源自珊潭水庫的渠圳，原本青藍的瀉流也因層雲倒影的撥弄，顯得濁亂不堪了。

車子繼續斜往丘坡上爬，顛晃猛烈。

這是往風景區珊潭水庫的唯一幹道。當兩側山坡上，緊密擠靠的墳地綿延開來，使人錯覺翻修的路面，正有千百顆黝黑叫嚎的頭顱，頑皮地讓車胎踢得東翻西滾，眞是驚心！砂塵在窒悶的烏雲下奮臂颼奔；蘆葦像狡滑陰沉的野鬼孤魂佇守在墳丘的每處空隙。此時，趕著到水庫搭船回山的當地人和遊客們皆靜默下來了，或坐或立，都死命抓握車柄。

奔喪的心情是沉重的，欲揮難却，或也是故景相逢不勝感傷吧！朱蘿哀沿途追憶熟悉的景色，竟跟著轟隆吼叫的悶雷而驚悸起來，膽怯起來。深呼吸，穩住心神，要使紛雜的理念清明些，却又被公墓立碑前，一株歪斜的木棉樹招引過去。

那是不曾增長的奇樹，弓屈如一個虔誠盡責的看門人拱手作揖的姿勢，向他招迎著。從小時父親提示他看的記憶，便是這樣詭異的形狀，一直要引誘人們進入它的境地，成爲它身後千魂萬鬼的其一。爆開的棉絮正像不安的手不安的臉，日夜飛旋著薄弱的白。

猛然襲繞來一股寒意，而又不禁伸手遙指著它，向兒子示意了。但朱芹慌張扒窗要回望時，烏雲正好從墳丘上端爆裂開來，驟雨瞬間已乒乒乓乓將車窗的積塵濺得他一臉。

迷濛中，車子駛入平坦的路面，兩排相思樹往身後退逝。逐漸能看清窗外蒼綠的稻田菓園，披簑衣的農夫，鷺鷥與烏鴉。等到拭去水霧，才知道遠方的天空有一道明麗動人的彩虹。

車子終於到達水庫新建的大門前。

一下車來，羅庭興奮地說：「氣派多了，早就該改建的。」

朱蘿哀却迷戀以前景緻的寧靜淳樸，表情冷冷向伊說：「妳的服裝早該換上那套黑布衣褲，我們是哀傷的孝子孝媳，不是觀光客啊！」

雨松針般細細落著，陽光和煦照穿下來，空中閃動著晶瑩的絲線。

羅庭走在前頭，向年輕害羞的收票員表示她們是山區的住家，朱蘿哀扶攙朱芹的兩肩，趨身要幫忙說解，收票員微笑的神情看到了父子奔喪的衣飾，連忙收斂並迅速讓開身子。

朱芹顯然被發電廠巨大的水濤所吸引，揮舞拐杖超過父母。三歲時的記憶，隱微是祖父一齊離山出來，在這裏摺了紙船逗他，讓他細弱的手臂往柵欄內一甩，紙船竟貞的飄到翻湧的水渠失去踪影。而兩年後的現在，清楚記起了紙船，却想不清祖父的模樣了。

興奮笑著，向頹喪的母親說：「回山內我要阿公再摺紙船給我。」

朱蘿哀疾聲喊道：「應該說你摺給他搭回老家才對！你要玩爸爸會摺給你，還說什麼阿公啊！」

羅庭使了個眼色，低聲說：「阿公今早死了，爸爸帶我們回去送葬。」

朱芹停住拐杖想發問什麼，朱蘿哀已遞來一隻皺報紙摺的大船：「拿去！」

他有些失望，輭遢遢的紙船，像此時一身暗黑老舊的打扮。父親却直看他，他嚇得要哭了，一咬牙，走近崖岸的柵欄邊，從鐵絲網的隙縫用力一丟！——啊！一聲慘叫！紙船掉了下去，手指却被鐵鈎捙得冒出血滴。

朱蘿哀爲伊拭去淚，「好囉好囉，回山再向阿公哭吧！」揹起他，從陡斜峭直的草坡爬上去。到一道通向堤防的破舊階梯時，挑擔人已坐在上頭揮笠休息，但同車的遊客還落在斜坡的大路中途行走。

到堤防上，下方澄藍的潭水和拱繞綿延的碧綠山丘，使三人振奮佇足，屏息觀賞堤上堤下玩樂的遊人。

朱蘿哀的弟弟約他在已停用的舊水閘側旁相候，此時父子三人朝著堤坪上的宮廟式建築前行，遠遠已看見隱在奶形丘台樹叢後的琉璃屋頂。

堤岸陰影下，一簇整齊泊靠的遊艇舢板，棄婦般緊緊偎依，等待喧囂的遊人論價租划。

「爸，我們坐那艘大船好不？」朱芹被天鵝號新漆的藍色棚蓋下的熱鬧人羣所吸引，那正是來往載送山區住家的班輪。

朱蘿哀正專心盤算父親的喪殯，他貧困借貸的兩萬元，不知弟弟是否會不高興了。另一方面，又希望能尋思妥善的方法來彌補這幾年來對家庭缺守的人子之責。愈想愈亂。他把朱芹高高地抱起，放到堤欄上，說：「我們今天不坐班船，我們坐沒有棚蓋的貨船，好嗎？你是大孫，要陪伴阿公的棺材入山呢。」他指著矮丘，「船停在那大屋的後方，走，爸爸揹你！」

山水被雨洗得活潑生動，堤道上的積窪反射下午的陽光。有一羣男女迎面過來，和著錄音機吼叫著。他別過臉不去理會好奇睜看的人們，留意遠處水波上的一隻划船，一對情侶正弓身調換位置，他也跟著緊張起來。終於，女的困難地握好槳，小舟才開始像一朵萍花往後晃搖。

到了渡堤，不情願的羅庭從奶丘旁的斜坡，拐往販賣攤旁的洗手間去換穿衣服。父子先往舊水閘去相候。

雨絲又微微飄洒下來，朱蘿哀喃喃想著：如何擦拭也是乾不了啊！這怨恨，唉，是什麼怨恨啊？一生都要緊緊貼黏著肌膚了。如何去尋求寬容的理念呢？舊疤總是在暗處誘喚著，一不謹愼又整個陷溺在悔恨的傷痛裏了。

他行走緩慢以等待兒子，朱芹不服輸顯得大些的頭顱隨著木質拐杖晃擺。「學著母親的傲慢無知嗎，小芹?」朱蘿哀拱身爲他遮擋車子馳過時濺飛的泥水，「爲什麼你的血統不緊隨深沉善良的父親呢?」他曾愉快思索，寄望有個兒女成爲自己內在崇高完美的雕像，無憂無苦，代表生命的喜悅。直到被寄望的朱芹誕生，却用個性的差異與形體的傷殘來羞戮他想望的痴迷。於是他認定，屬於婚姻的不幸是生命中悲劇的主角，而父親，今晨死去的父親正是濺起汚水的車子。他痛苦地噙着淚，擁着朱芹，「憎恨，我竟在此時淸楚理界了憎恨的因因果果……。」

本來想在宮廟式建築前的鐵樹旁等候羅庭，看看快樂的遊客們，但突然加大的雨催迫他們離開。

繞過牆垣，當朱蘿哀望見六角亭內，一個同時發現他的女人因驚愕而起身時，就像驚夢中被摔醒，一身汗濕酸痛，喃喃地喊：「顏祭紅，顏祭紅啊!……」

不能從體內割棄的蕃仔厝的女人，今天穿着一襲熟悉，但已褪舊的藍格洋裝，身邊緊坐着山村的鄰居，他童年時代的玩伴張雄。

他羞赧地把因心慌而猛然增快的脚步放慢以等待朱芹笨拙的拐杖。感覺她的眼睛在五年的別離裏，依然保存印象中的靈秀甜美，却在此時有一股冷寒，發出同情友善的光芒檢視父子兩人姿態中的不幸與尷尬。朱蘿哀失神地擁着朱芹，淚滾落下來又連忙拭去，——悲哀是一種結論，祭紅，回答我，愛情的苦難是不是已見證了不朽，祭紅，回答我，請回答我！」

有個夜晚他夢見戰爭。從飛機拋下的砲彈往山間的寧靜瘋狂轟擊，他的家頃間已成爲灰燼。烽火羣山裏他曾驚惶叫嚎但已尋不着家人，連忙揹着斷腿的朱芹逃往山林。越過烘製龍眼乾的土窰，經由彎曲的山林路奔到只有三間教室的山區國小分校，一身熱汗冷汗。夜暗得深，炮火仍在山間閃熠廻盪。他把陰暗發抖的教室後門猛力拉開。就像一枚驚心的流彈，頃間一條人影哭喊着從桌下衝來並緊緊摟抱幾至昏厥的他。他終於認出是她，眞的是她，又哭得一臉了，朦朧中狂吻她發燙的臉頰，喃喃在喊：「不會再分開了！不會再分開了！原諒離別的苦難，原諒我們的不幸，祭紅，祭紅，祭紅……」

但礮火無情轟來，「天啊，祭紅！」夢驚醒，暗昧中又有一個身子靠來，妻子羅庭已在枕旁用慣常的體貼慰安他的驚懼他的哀慟。

張雄走到亭前和他熱切握手，並給他一塊蔴紗纏綁額頭。

他傾前問候顏祭紅，聲音抖顫：「回村嗎？有五年沒見過妳吧。」

「我在山村的國小代課，一年了。」

張雄：「我跟她一道出來幫忙，有許多東西要買。」

「那是你的公子嗎？」顏祭紅手指朱芹，「嫂子沒回來？」

「在後面。」

「日子好吧！」她搓着手，朱蘿哀像被搓得團團滾，她把臉轉向亭柱的雕花：「你很久沒回家來了。」

「嗯。妳一切也好吧！……張雄，聽說你的船正大發展！」眼珠也被亭柱所吸引又急忙轉開。張雄胖胖的臉誇張地笑着，朱蘿哀想起舊日的情誼，竟已如此陌生。

亭柱下擺着兩擔竹籠，滿裝着冥紙菜蔬和兩打米酒，想起一向嬌弱的顏祭紅，已道地成了耐勞的女人，竟不勝心酸偷偷又望了她。

「不知道我歐多桑（父親）去得這樣突然，今早接到蘿喜的電報，眞無法以老人家以前的康健來想像，去得太快了，病情惡化得實在驚人啊！」

「還好蘿喜剛賺了些錢，龍眼乾和學校後的梧桐趕準了好價。」

「我歐卡桑（母親）身子好些了嗎？一直叫伊去城內住就是不肯。唉，活到這般苦楚還是不怨言服侍丈夫，做人後生的，只好等以後孝敬伊，讓伊好好喘個大氣。」

「大家一不注意就跑到朱伯邊哭得死去活來，眼睛恐怕要哭壞的，腫得不成人樣。朱伯在世時百般虐待，伊竟然都不記恨。」

「唉，女人也眞難得這般痴心的。」朱蘿哀說時有意無意地和顏祭紅的眼光相碰，像被熱鐵突然一烙，痛得臉頰痙攣通紅。兩人皆自羞慚地沉陷於紛騰又不忍予以理清的記憶中。

適時，羅庭換成一身深藍走來，彆扭地在領子衣袖上拉拉扯扯。開口就要抱怨，却被朱蘿哀的神情所驚，那是惱怒的、瞋恨的，嚴厲的眼神，逼迫她保持靜默而不得有平常的嬌蠻無知。

冷冷地爲她介紹給顏祭紅相識：「孩子的媽。」

「蘿哀嫂，妳好！」顏祭紅已崩潰般讓肩膀整個偎傾亭柱上，瞳孔在潭中烟濛的舟傘間抖跳。

婚姻的不幸有如漓簷的冷露，逐日蝕呑着朱蘿哀，如今突然重逢，就像把所有的暗疤整個擠向舊日的傷口，他的羞愧不安，濕淋淋地澆着自己也澆着顏祭紅。——伊遲遲未嫁，不正是對我控訴嗎？不正是等候今日見證的悲壯嗎？……想着年輕時在城裏兩人美麗的聚合，却凄涼地被命運拆離了。悔恨鞭笞着這五年來的思念，但不幸是不會跟着代表罪人的父親一起消逝的，——只是，只是，它又要延續到何時啊？

就在沉默間，張雄愉快地向這對夫婦宣佈近日將與顏祭紅訂親。

朱蘿哀微笑向兩人祝賀，聲音沙啞，他凄苦的眼，斷裂般又熱辣辣湧淌出淚。

除了柔情的顏祭紅，無人能在喪父的哀慟外眞正析解朱蘿哀落淚的唐突。終於，在要從亭柱上仆倒前，她勇敢立起身子，振步朝宮廟建築的後門奔入牆垣內。……雨聲中，朱蘿哀仍能隱微聽見她的啜泣；就像在低誦以前被他執拗着尊嚴所排拒的情愛，那般無助，那般委屈。而這五年，或者往後一生的悔恨對他對顏祭紅又能附以何義呢？痛楚像雨點追殺過來，傾盆的雨，早已冲散了兩人的木橋，如今，雨落得更大了，更大了。

兩人無助的哭喚在濕黏的雨涼裏屏息碰撞。

等到雨才停，嗩吶的細銳，把等候的人同時驚醒！

馬達車載着棺柩沿着堤道掠經遊人呼嘯而來，褐色的棺柩雖不巨大，但挺立在嘭嘭響的馬達車上，又藉以嗩吶的聲勢，談笑活潑的整個風景區被嚇得寒蟬一般，膽怯地仰望這樽巨磤，好像珊潭水庫的山光水色隨時會被轟擊得翻飛迸散！

氣氛好像凝聚欲雨的冷雲逼擅着。唯一保持愉快的只有朱芹，手握拐杖端詳吹嗩吶的中年人鼓動的兩腮，問朱蘿哀：「我們乘這隻木船去阿公家啊？」

朱蘿哀繞到偷偷拭淚的顏祭紅背後，說：「悲傷或許是好的，就用來祭獻無緣的今生吧！」由於躭心被別人聽見，末尾緊張的呢喃，使無法聽清的顏祭紅焦急側轉了半個身子，「也好，等蓋了棺，又有另一次來生了，也好，今生把苦受盡把淚流盡，也是好的……。」

交談一番後，中年人又威武吹奏嗩吶，隨車的辦喪人喲喝一聲扛起棺柩，沿階梯走向水岸；朱蘿哀和弟弟朱蘿喜分立兩側以手扶托棺柩，嘴中喃喃唸着「大厝到了大厝到了！……」

淺綠的貨船被兩人緊緊拉貼岸邊，船身微微內傾。船舷披上白布，前邊的人先跨入，棺柩抬高不致碰觸船身，張雄迅速又把白布鋪到濡濕的船板上，並在兩頭壓了紅巾；抬棺人一個個跨晃進來，棺柩兩頭的脚踝才慢慢在顛擺間落放妥當。

跟隨的人相繼回到另一艘搭掛布棚的藍色貨船。張雄以細繩拉動船尾的引擎開航，後面的藍船也跟着跨離堤岸。

遠處的堤岸漸漸像一株浮梗兩山的木塊，宮廟的琉璃飛簷也燕鳥般飛得細小，終於在山谷的轉折後整個失去。

中年人一直坐在船頭吹奏嗩吶。相逢的憂喜像湧騰的波浪隨着樂音頓挫揚抑，朱蘿哀不能自制地頻頻回首後邊的藍船，他可以清楚望及顏祭紅與人談吐間的不安，他期望她無須以此掩護，能勇敢與他靜靜對視。

心情如樂音，馬達如浪波，在兩面山壁的碧綠中擁擁擅擅。偶爾，嗩吶冒出的暴音猛然撕裂肌膚，沁疼得要透入骨子，朱蘿哀從耽緬的沉思中驚懼抬頭，立刻就被眼前虎瞪他的棺柩前頭斗大金漆的「福」字逼入更深的驚恐！——死亡的就難以復生了，人一做錯事就要永遠承受迫害的悔恨啊！……他曾經殘酷回絕了顏祭紅這句話，現在他更知道，這正也是他一生要被苦苦控訴的狀詞啊！

他意氣的婚姻似乎在嘲諷着有情世界的矛盾與多變，使他不得不用尖酸嚴刻的態度來與世界對抗。他酗酒放歌，說：「羅庭吾妻，妳是高貴成熟的，當然當然，妳的丈夫已因事業的動盪更加意志消沉，妳當然是可敬可佩的，朱蘿哀了解妳的苦心就像了解命運的幽默。啊！你動人的丰采，讓不幸的女人也會回頭忌妒向妳望一望！」

他的父親爲他的婚姻克盡鼓勵與慫恿，像了決一生的責志，與奮之餘就朗朗地詠嘆起來了：「你看你看，羅庭的氣質與你這個碩士是多麼匹配啊！唉，你早該忘了那山姑啦！還折磨自己什麼啊！她本來就沒有你所苦苦預想的貞潔，這是見異思遷啊！如果這話眞是誤會，那麼，羅庭的介入也未觸發她殉愛的深情啊！不必爲她挖苦自己了，不必替她辯解啦！孩子，我不答應是對的，我不答應輝煌的朱家子弟成爲敗驢，孩子，只有敗驢才去吃回頭草啊！」

朱蘿哀無話可答，他的寬容本已無法確實爲顏祭紅的突然異心尋找可信的答案。等到她又哀傷回來表達她的悔意與脆弱時，他終於站直了身子，羞憤但英勇地掉頭離去。在夜晚，由於猛烈嘀嚼父親的慈藹與理智，已使他欽敬的情懷感動痛哭了，並且，細聲地喊着羅庭，羅庭。

嗩吶和馬達聲在山谷間追擊，徜徉水湄的羊羣驚驚在船接近時慌張隱入草坡後的樹叢裏。

一小時後，船已到達有兩株大芒果樹分立陡坡兩側的「九重橋」。爲了測知水位何處够及往內河通行，朱蘿喜占領了中年人的位置拿着竹竿伸水試探。船一邊加油一邊減速，在溝河間艱難地繞行了一段後，船已無法再前進，就側身泊靠在一處坡窪下的鬆岸邊。

朱蘿喜跳上岸去把鐵錨牢揷草地上，跑到尾端，身子斜蹲，抓握朱蘿哀的雙手藉以使船能平靠土岸。

抬棺時，濕滑的泥土紛紛崩落，棺柩像陷落坑沼的猛獸呼吼反抗着，等到扛上草地，抬棺人已個個汗水橫面，跌靠着棺柩抽起於來。

朱蘿哀帶領妻兒跟隨幫忙的人羣走往稱作「馬斗欄」的小小山村，張雄和顏祭紅在他們背後；朱蘿喜和抬棺人同羣，與稀遠的嗩吶聲隱落在不能見及的轉角。

由於坡地泥濘，他們把鞋子脫下，塞入袋中或提着，任由草尖和蚊虫騷擾腳板。朱芹一再哭叫，使朱蘿哀靦腆地揹起他。這些從蕃仔厝或馬斗欄前來相助的男人女人，開始輕聲議論他的命運和成就，以及聯想到的生活總總。朱蘿哀努力要拉長聽及的距離，却又害怕背後的顏祭紅和張雄更加迫近。——朱芹一點也不血統我而只像陌生的羅庭，不要嘲笑我顏祭紅請不要嘲笑我！我們曾有過的孩子在未見世前已逼他亡故了，那神聖完美的使徒被人生的幽默所抗拒，結局就是朱芹吧一個殘缺的替身！他是無辜的，他的代價只爲了宣告悔恨，祭紅，妳如果懂得什麼是悔恨，請妳不要逼迫我們嘲笑我們！……

廻繞到山頂端的小徑上，能看及北側斷崖下深藍的水色山影，有個老年人划著竹筏，在披撒水面的漁網上檢視收穫，形態佝僂，朱蘿哀猛以爲是父親，無端冒了一身冷汗。然後故意踢下一顆大石，要驚嚇他，走了幾步才微微聽見傳上來的噗通聲。

山徑上偶爾碰到繞切山面，圍柵羊羣的竹籬，前頭的人把通道橫穿的竹竿移開，都通過後，張雄廻身又一根根穿入圓洞。朱蘿哀藉着回顧的瞬間，忍不住轉臉去端詳顏祭紅。樸素的打扮顯得比在城市時更爲成熟，瘦了些黑了些但却不失風韻的。——顏祭紅俯視的臉突然驚覺抬起，用善意的眼神回答他的關切。

終於，他已因無法承受勞倦與心亂，怯弱地蹲下身子要羅庭揹負朱芹。張雄望見，立刻義勇趨前相助。

他像領受羞辱般低弓着臉，呆望着朱芹擺顫的細腿被抬高往前雄壯晃去，而後是顏祭紅，遙遠但仍動人的身子，決絕地前去、前去！以致於，使他心慌地想起羅庭，那裏去了？——

「走啊！」羅庭却在背後，親切地拍他一肩。

走下一道浮於水面的竹橋，上了小坡，在經過竹林後，整個看見只有五戶住家的馬斗欄。朱家正居中央，蕉園後寬敞的院子擺着方桌和竹簍，正廳深閉着，在兩旁屋簷下方懸掛一對「喪」字紙籠，白色門聯以暗青顏色寫着輓句。左側西南的禿山因濕濡而呈灰青；在屋後，柚園過去是張雄住家，然後是山脚下的林叢和蘆花，醒目而凄凉，正和院前一方蕉園的翠綠緊緊抱住死亡。

母親聽二媳婦說朱蘿哀們已回來，立刻從啜泣的臥房衝到前院，朱蘿哀已在遠遠的木炭窰向她擧手示意。她短小的身子下了短階，臨旁是池塘和水田，轉過田埂後，在蓮霧樹旁水流喘急的小山溝的竹橋前，迎上了聲聲叫喚着阿媽阿媽的朱芹。

「小芹！蘿哀！——」她痛哭淚流滿面。

「歐卡桑！」朱蘿哀對自己聲音的晴朗感到尷尬。

「你歐多桑要去以前，昨晚，對啦昨晚對啦，我看伊那樣痛苦，很不忍心坐在伊身邊偷偷掉眼淚，伊眼睛張開，聲音很小但仍能聽見，問我是不是哭了？我說沒啊！你歐多桑就說，還說沒，不然我的手怎會濕濕燒燒的？那時候，我實在忍不住又哭起來了，我說我看你這樣受苦，我如果能代替你就好了。」

「歐卡桑，妳替伊受苦受太多了啦！伊在生時虐待妳妳還爲伊這款傷心，確實沒價值啊！」朱蘿哀說。

「伊就安慰我說：不要哭不要哭，阿哀阿喜都會孝順妳，妳不要悲傷，身體要緊！」

「伊都這樣說了你還悲傷，不要啦！哭過就算了，再傷心也沒用的！妳把頭腦眼睛哭壞了看以後要如何是好！妳這樣哭歐多桑回來聽到反而不放心。」

「你歐多桑是重感情的人，臨死還念念不忘大家。」

「伊知道後悔還算好的，一生虐待妳這款樣，誰看了都不稱心的。」朱蘿哀對母親把幾十年來的傷痛，用父親臨死的小小溫情作完全的彌補與慰藉，感動得抖擻起來。眼圈濕紅，唯有自己才了解悲哀和怨恨。他突然回頭看顏祭紅。

走過田埂和一排木瓜樹，繞過滿盈的水池與蕉園間的小道，從歪亂的幾層石階走上庭院。山鄰成羣擁靠在大芒果樹下觀望。

他停住，等羅庭上來時附過身說：「作媳婦的要從這裏哭進去，到水泥地時跪爬入屋。」

「我不會。」羅庭受窘，矯作的哭詞會添增她的躁亂。

「不孝！」朱蘿哀憤怒地逕自前行，邊把額上的蔴布拉妥。

朱蘿喜年輕懂事的妻子雲仔，把正廳的門打開，走來對城市回家的嫂子說：「我陪妳哭吧；妳跟住我的聲調。」

朱蘿哀帶着朱芹走往正廳，要踏上水泥地時，朱芹的拐杖因地滑，痛痛往界分的紅磚一摔，噴聲大哭！就在同時，弟媳立刻藉此情勢以更尖銳的哭詞將之掩過，羅庭本已戰戰兢兢，心一慌竟也放聲一哭而立即進入忘我的情境，猛擺着屁股直向大廳跪爬。

屍體放置牆側的榻榻米上，下邊以兩張長凳架着；原先供奉的神像已用布幔遮掩，死者神位和放大遺照立在檀桌正中，供着素菜青果，一些冥紙的灰燼散亂地上。

朱蘿哀對照片上瞪視他的顯得陌生的眼光感覺不快，「阿爸，可以讓我看看吧？」就把覆蓋的白布輕輕掀開。蒼白削瘦的頭顱，深陷的眼睛緊閉，使人直覺聯想屍腐後乾禿的骷髏；嘴唇因當初放置歪斜而微微張開，幾顆半露的黃牙使面相更凶惡悚人。朱芹嚇得偎緊父親，羅庭訝然停止哭嚎張開大口又趕忙閉上，眼睛急急轉向白綢壽衣。

有一股屍臭從鼻腔和嘴部飄散出來，朱蘿哀難以容忍但仍冷靜把白布蓋好。弟媳點好香分給三人，外邊又有人進來，一起上香後大家退出廳門。哀泣的母親適時想進入和媳婦同哭，被朱蘿哀強力拉出。兩個媳婦在廳裏哭喊一陣，直到有人指喚顏祭紅進去把類似癱瘓的兩人扶開。

朱蘿哀和人們寒喧問候。戴牢頭上的蔴布等待接棺。坐到簷下，西偏的陽光從蔗園間斜照過來。他把蔴布拉低遮護眼睛。由於跋涉的困倦，使他在溫婉的夕陽中打起睏來。

有一次，顏祭紅帶着朱蘿哀穿經滿是三角楓的林子，伊稱那條小道是繁星路，爲了去看一座感人的墳墓朱蘿哀讓自己依在溫情的感傷裏，握住伊的手，說：「等到我的髮霜一般白了，妳還會向我指說什麼是扶桑花麼？當我死去，祭紅，還會懷念着我，到我的墳前撒下薔薇與蘿蘭麼？」

而年輕可愛的顏祭紅，是個感傷多愁的女子，阻止了他不祥的詞句。後來，伊說：「我想我的生命只該到二十五歲吧！蘿哀，我將選擇海葬，請無須苦苦懷念我呼喚我，憂愁的女孩或許像小小的夢，你不要在回憶的冷涼裏眷懷流淚啊！」

「啊啊祭紅，請不要讓我的憂思成爲驚夢，與妳分離的苦痛我承擔不了啊！」

後來他們合唸刻在「孔家歷代之墓」矮牆上的詩聯：

「野草蒼蒼白露爲霜，

所謂親人各在一方。」

猛被驚醒，是細銳傳來的嗩吶，陽光立刻閃入發酸的眼，顏祭紅的影像與夢同碎！但當他一定眼，却看見夢中的顏祭紅，仍是熟悉的藍格洋裝，與羅庭同蹲在不遠的廊下摺疊冥紙。

嗩吶聲帶引着棺柩，由於田埂路過窄，到蓮霧樹時轉往竹叢旁的斜坡，顛晃下了乾河道，三分鐘光景，再從後邊的牛車路上來，繞過蘆叢、文旦園，經張家前，逐漸近臨後院。朱家的人都持着香，跪到後院的水泥地邊緣，「歐多桑大厝到了，歐多桑大厝到了……」朱蘿哀向朱芹說：「你要唸阿公大厝到了，……你在哭嗎？」「阿公大厝到了！……」「歐多桑大厝到了！……」抬棺人似已支持不住的脚步猛烈顛顫着，哭嚎的人驚愕抬眼，緊捆的褐色棺柩像被縛的餓獸向他們陰狠瞪視。受不了這種威嚇，朱芹驚恐大哭，聲音凄厲，朱蘿哀被感染，使零散的哽咽瞬間也痛哭成聲直到嗩吶突然停住。

2

「歐卡桑，世間人都以爲哭是解脫悲傷的最好方法，錯了，這只不過是輭弱人的迷信，妳也老了，哭，又有什麼用處？歐多桑辜負妳一生，外面養女人而又以人說的樂善好施來使妳同享光榮，但妳仍只是伊卑憐受辱的妻子啊！記得小時候歐多桑打妳也打我，母子兩人相擁痛哭，多叫人心酸啊！一直到我自立在外，要接妳去住妳却又畏縮在伊的權勢下，受辱挨罵簡直像個小傭奴，我對這個家如何不失望輕視呢？歐卡桑，出殯以後跟我到城內住一陣子吧！」

夜晚，全家人坐在右廂的廳房裏，六十燭光的燈泡把每人雕出暗魅的黑影，偶爾也有幾聲故作輕鬆的談笑。

「別再吃齋了，妳的身子太差不好調養。」

朱蘿喜：「阿兄說得對啦！不吃魚肉而又懂得調養，當然有益身子，而且慈悲可修福德，但妳這樣下去怎麼行？可知妳的頭腦已經退化了，眼睛壞又貧血，早就應該補啦！」

母親回答：「阿哀，你也不要再怨嘆你歐多桑了，總是關心你愛你好，人去了，還記恨就不孝了。」

「我知啦！」

「伊到底是有感情的人，」母親又咽哽起來：「伊昨早還一直念你兩年都沒回來，是不是還在怨恨伊？交待我向你說：要好好疼妻疼子。唸一個早上，說身體如果會好一定要去看你夫妻和小芹。」啜泣得愈加不可止遏，引得旁人煩躁苦惱，「伊知道我在哭，就吃力睜開眼皮，叫我不要哭，我說沒啦你不要亂猜身體要放輕鬆一點。伊又叫我好好照顧自己，我說我看你生病這般痛苦實在可憐，我若能夠代替你就好了！……」

「好啦好啦！歐卡桑，妳話是要說幾遍才滿足啦？歐多桑都叫妳不要悲傷了，妳却一直哭不停，眼睛哭壞了怎麼辦？」朱蘿哀兩眼已濡濕，藉俯身打蚊偷偷揩拭，又心有不甘地冒出一句：「歐多桑對妳實在太無情了，天公眞是沒眼！」他嘲笑女人懦弱忍辱簡直不可理喻。

一隻貓頭鷹神秘地飛到正廳前的棺柩上，朱芹和幾個嬉鬧的孩童被奇異的鳴叫所驚，朱芹首先發現，連忙大喊父親出來。

貓頭鷹頭一晃看兩人一眼，立刻振翼往蕉園飛去，尙未在黑暗辨清它停落何處，蕉葉啪得一震，它已回頭直往燈亮的客廳衝入。

朱蘿哀回屋時，貓頭鷹已靜立在門邊的手搖電話機上觀望人們的騷動。腦袋像頑皮的猿猴，眼睛睜亮隨着腦袋左擺右晃，朱蘿哀戰戰兢兢伸手去抓，一跳，就到了門板上頭。

朱蘿哀慢慢跨上矮凳，大家屛息，正要伸手，母親喊：「不要抓它！也許是歐多桑化身回來看你！」適時貓頭鷹正好呱呱一叫！

朱蘿哀不安地抱着朱芹坐在膝蓋，貓頭鷹圓狀的臉上兩顆滾圓的目珠，像兩枚發光的砲彈射向他們！

「今天清早把藥蒸好，到屋裏，歐多桑的姿勢看來有點異樣，一看才知已經去了！」貓頭鷹把臉轉向說話的朱蘿喜，「大聲叫歐卡桑和雲仔却都沒人應，連忙出去拿臉巾和淸水替伊擦身，人要死眞的糞尿會脫完，又爲伊換了新的內衣褲，找壽衣找了半天，雲仔以前明明說放在衣橱裏，千找就是找不到，到我的臥房的衣橱才翻到。結果要替伊穿時，身子已經冷硬了，怎麼穿也穿不進去，我口裏就唸：歐多桑，蘿喜替你穿衣噢，把身軀放軟一點噢！如此，壽衣才算給穿了進去。」

朱蘿喜到內房床下搬出一個鐵箱，裏面除了幾個古幣外，是滿滿一箱摺疊整齊的，斑黃的地契書狀，「朱家以前是這附近山區的族長，看這日期，都是清朝年號，以前馬斗欄可能是一個大庄吧！」

「要好好存着，」朱蘿哀說：「記得小時候我發現了這東西，好奇的弄了半天剛要打開，歐多桑從外頭進來，在我頭上痛痛敲了一記要我放回原位，以後再也不敢去動它了。」

「一定很重要，留給後代知道朱家以前是怎樣輝煌的。」母親說。

「到歐多桑手中才沒落的，養女人啦，什麼捐地建設，替人搞關係買船，到時要載自己的棺材竟然不甘願怕着魂啦一大堆，說到張雄實在忘恩背義，歐多桑生病時連踏一步進來看看也不敢！」

朱蘿哀對弟弟說：「朱家全靠你了！我是註定在外頭奔波到老死。」

貓頭鷹在兄弟間擺晃頭顱，表情滑稽引得大家笑起，猛然間記起哀傷又連忙收斂。

朱蘿喜起身，說要到製龍眼乾的土窰添添火，「已薰十天了，火停會爛掉，忙得差點又忘記。」

「是不是鳳梨園那個窰?我去添好了。」

「阿兄，你休息，今晚你作長子的還得守屍的。」

「沒要緊沒要緊！我順便走走也好！」說完，朱蘿哀接過弟弟的手電筒，照照瞪視他的貓頭鷹，披上黑衫跨出門檻。

他向在厨房前幫忙的婦人問候，從池塘背面的草路拐過薯田。薯田之後，過一小斜坡，也有一條小山溝，在竹橋那端，有個女人同時被彼此的脚步和燈光驚住！「是蘿喜嗎？」

朱蘿哀心頭一涼，立刻又熱烘烘地噗跳，那分明是顏祭紅的聲音，他把燈光一揮，藍影正鬼魅般立在彼端望他。

「誰！」

「祭紅，我是蘿哀！」他試着把因興奮而致瘖啞的喉音弄清：「這麼晚還回蕃仔厝？」

他屏息走過短竹橋，兩腿顫抖發軟。

「已不怕了，有時大雨天送學生回去深林厝，往回走時天都晚了。」她的聲音篤定，更使朱蘿哀不安。

「我去鳳梨園的土窰添火。」

兩人各自手執電筒。左側小斜坡上的大片樹薯園後，在闇夜中只能隱微辨認黑幢幢的山影；右側整路羅列過來陰森呷響的竹林，斜往崖坡延伸直至漆暗不見。兩人像要爲靜默的尷尬氣氛析理出合理的辯解，偶爾藉聲籟蟲鳴把燈光隨處一照。

一隻橫蹲路中的大蟾蜍在他們走近時驚慌跳起，兩人一愣，手臂微然碰撞了。

當幾步後，一條五尺長的過山刀蛇，正從樹薯園慢慢滑向繚繞的竹林，憂思的兩人受驚停止！就像又面臨了早年熟悉的體貼，朱蘿哀已摟緊顏祭紅軟弱的肩胛！「嚇人。」輕輕的慰安像體溫，激情微顫但仍屏緊着呼息，靜看遲緩安祥的長蛇歡喜隱逝竹林。

「有一次夢見自己做錯事，被抓去關在窄小陰森的破木屋裏，天花板破了大洞，我坐的已發霉的榻榻米下，盡是些腐朽的木頭、罐子等。過了很久夜必是很深了，連月光也失去了。終於，預想的驚懼來臨了，來臨了，從天花板和床下，雖漆黑但仍可分辨是爬行的眼鏡蛇、青竹絲，天啊！一隻兩隻三隻四隻……，我焦急而害怕，眞想痛哭一番表示悔恨，但明知已無人能解救，就冷漠等待判決，等待宣佈自己的過錯吧！天哪！關於過錯關於無助我們該如何下定義？蛇羣開始從我的胸前啄出血，痛楚無告的傷害無人能聽淸懺罪的呻吟，痛楚中我痛哭失聲立刻死暈過去了！……夢驚醒，一身汗，對於夢，啊！對於噩夢對於傷害妳如何下定義啊祭紅？」朱蘿哀激情地，捏痛了顏祭紅的肩。

「這樣無端的自我摧殘，何苦呢？你該回頭想一想，看一看，你不是很幸福的嗎？」

朱蘿哀隨卽一聲大笑，兩人悚然於卽刻又冷凝的沉默，靜靜前進。

遠遠就從鳳梨葉梢望見土窰坑口通紅的火光。朱蘿哀堅持送顏祭紅回家，要她在土窰上方等候。坑裏的火種還亮亮熾薰着，一羣蚊蛾爭相飛繞，他把灰燼耙到外邊的土穴裏，再以沙土埋覆。燒短的木頭用力推進，又在堆積的柴薪上選了兩株大枝幹推入，煙往窰上薰，也從坑口捲出，他兩眼淚流，全身熱汗。然後他又轉到另一座坑口。

他繞從梨園旁的斜坡回到土窖上方。平鋪於竹籬上的龍眼，細枝多已脫落，微溫而任烟繚薰，更顯現其幽香，剝開，果肉已由銀白逐漸乾褐。「小時候最喜歡這未全乾的龍眼，特別甘甜易飽，常因吃不下飯挨罵。」他把較大的遞給顏祭紅；薰烟愈飄愈盛，兩人拿了幾顆起身離去。

彎曲迂廻的山路，右側仍是一排緊貼崖壁的高大竹叢，左側斜坡上生滿龍眼木瓜等，聲籟陰森，黑暗中朱蘿哀已緊握顏祭紅的手。

「五年了！」回想彼此爲了維護情愛的自尊，竟不惜選擇了痛苦的方式護衛，那種犧牲也許是生命必經的折磨，兩人都慘敗了，慘敗了。

夜暗中又握着故人的手，雖溫暖得意欲哭起，但清楚知道這只是夢一樣短暫的，驚心的，像無端滾入崖下漆黑無崖的水冷裏，不能自拔了，「沉溺了五年，却也仍是無可脫身，祭紅，我該向妳說些什麼清理什麼？好讓往後的記憶能清明去認知這塵世的無奈啊？」

「當時發現了鼻癌，年青的壯志幾乎完全死滅了，我由於妳，又能鼓起勇氣去忍受數月鈷六十的照射，唾腺破壞，頸子有如焦爛，不能言語不能入食，而妳對我却逐日冷淡了。聽說妳帶了那個姓黃的男子回到故鄉遊玩，我當時眞想一死而去啊！但我不甘，我不甘如此不明不白。記得妳說過姓黃的一直猛追妳使妳深感厭煩，到底是妳無知或缺乏判斷能力，或者他乘人之虛的能力超人一等？祭紅，妳終於投向他了。但是，妳知道嗎？這叫作橫刀奪愛，雖是意氣的報復，但畢竟是無恥的！妳眞這樣儒弱無知嗎？必須在所愛的人死去之前趕快找個依託嗎？天啊！爲什麼我不乾脆死去啊！我逃到山上的佛寺悲惆求助，但每天的晨鐘暮鼓裏，却又拚命想念妳，不知道妳和姓黃的正如何在燈火中嘲笑我！咒罵我！」

「我的父親苛護了我，用對妳家族惡毒的批判以及朱家身世的輝煌來安慰我，振作我。可是，那苦心的慰安，却造成了一切的不幸，造成我對他一生的懷恨！」

「在佛寺中，我意外地認識了一位用心的詩人，他提醒我痛哭的美好，要我去翻滾，成爲繞指的鋼索雖被扭曲但絕不折斷，哀然挺立，不被不幸與孤獨所亡滅！然後，我認定了一切的苦楚，又回到當初的城市。只是，妳清醒了？妳悔悟了？妳又來找我，與我重逢，使我死滅的心陷入更大的驚惶！」

「妳說妳錯了，表情哀戚可憐，像無依的萍花，請求我重新慰藉妳！我眞要瘋了，我應大哭或大笑？我一直不相信情愛眞如幻像不堪一擊！我今早與妳相逢，即使五年的分別，我在水庫的第一眼仍確信它有它的可靠。但有何用？妳回來找我有何用？鏡破了，這麼敗慘，我都未恢復過來，那有能力去修修補補？妳說了：死亡的就難以復生了，人一做錯事就要永遠承受迫害的悔恨！眞是銘言啊！」

「可是妳應相信我，我努力爲妳思索事情的一切理由，要來原諒妳，重新建立心中過去的妳！可是，可是高貴的朱蘿哀的父親溫婉嚴厲來笑責我了，他是善意的吧！指說我是劣馬只配吃回頭草，是嗎？妳不是回頭草嗎？哈哈！我終於結婚了，結婚了，我的妻子，羅庭，哈哈！是羅庭，不是顏祭紅，就像妳以前的愛人姓黃，但妳的丈夫將是張雄，不是姓黃，更不是朱蘿哀，妳懂嗎？妳懂嗎？……」

朱蘿哀當時唸研究所，在學校的實驗室當助理，有微薄的薪水維持這段日子的生活。有一次返鄉數日，回城那天，大清早辭別了家人，連忙趕往九重林搭班船去水庫換車。陽光從樹縫間射過來時，他已隱約聽見班船的馬達聲，在山路立刻連跑帶跳往水岸趕去。

在濱水草坡的大芒果樹下已有一位女孩坐等。在山村鮮少有人有讀書模樣，他問候她，說是蕃仔厝的人。他立刻猜出她的姓名和畢業的高中。女孩在同個城市工作，兩人一路談笑回到北部了。

後來，他邀她到海邊遊玩，夜晚在一個海產店用餐。首次吻她是在一個寧靜如故鄉的咖啡廳。一年過去，有一天，她告訴他似乎有了孩子，而當時他正好查診到自己的鼻癌。

熱心的護士先出來告訴他：「恭喜，你的妻子有喜了。」

他們矛盾痛楚，終於重入病房要醫生拿掉孩子，他抱着虛弱的她說：「我以後永遠不會讓妳受這種苦的。」他握緊她無力的手感覺兩人的心靈與身體是如此緊緊貼靠着。丟棄胎兒後他在她的溫愛裏感受着另一種滿足與信任。

他每天下午仍去醫院接受鈷六十照射。此後的兩個月中她悉心照顧他安慰他。直到他發覺她的態度已逐日變異了。他在山上的佛寺激動向詩人這樣說：「她轉變得太快太突然，我眞不忍去相信啊！我當初堅守道義立場不去隱瞞自己的病症，不正是情愛的考驗嗎？何況我仍大有回生的希望，我爲她滿懷着生存的信心。可是她變了，姓黃的男子乘虛而入得到她了（我想一定是的，否則他的苦心如何能滿足？）。事情乾脆攤開來吧！我約她們在火車站旁的咖啡廳見面，當兩人的面向她要回定情戒指，那只是破銅爛鐵吧！我也把她給我的還她了。一切完了，過去了！天啊！佛家講超脫不爲外相所執所蔽，但我從何去體會萬體本空啊？我仍這樣脆弱甚至整夜淚流滿面啊！……」

山路有從葉端撒下的月光，却被兩隻晃擺不定的電筒趕了回去。兩邊的葉暗，閃向兩人囁嚅的身影背後。

顏祭紅輕輕啜泣，聽着朱蘿哀忽揚忽低的陳述，終於緩緩啓口：「我曾多麼恨起你啊！」

朱蘿哀反手抱住她，手電筒的燈光摔向山澗。

「當我們那件事發生時，爲什麼你不回家去請示父母啊？你是男人，你無法了解切膚之痛如何讓我憎恨愛情的，我是輭弱害羞的女人，我去向誰求救呢！」

「可是，當時我正重病，又沒有固定工作，還沒服役，我如何養妳和孩子呢？」

「你雖生病但我仍健康啊！我仍有工作有完好的雙手來養這家啊！天啊！我能不恨你不恨男人的你嗎？」

「眞是我錯了嗎？我的畏縮遲疑竟造成了一生的悔恨！」

「你的鼻癌被稱作絕症，我是够痛心的；姓黃的長久以來的糾纏雖令我苦惱，但被追求的我仍感動他的情意的，不是嗎？換成你你又會如何呢？那時，我脆弱的，一念之間終於崩潰下來了，崩潰下來了」，我竟想去探尋他情意的眞假？唉，他是眞是假又如何呢？我心中只能容下你了，可是你絕情離去了！」

「聽說妳要帶他一齊回蕃仔厝，我死心地在車站等候妳，夢想挽回既成的事實，可是，連那機會也錯差過了，我灰心的眞想臥軌求去啊！」

「唉！當我回去找你，唉，我應該問你什麼是度量？問你對愛情的認知有幾分！」

「原諒我的父親吧！伊死了！伊死了！」

「放開手好嗎？學校到了你轉回去吧！回去吧！」

朱轟哀感覺斜坡下方隱伏梧桐樹後的校舍，正用月光的冷清向他招手。就像與熟悉的夢境重逢，不由得又跟隨顏祭紅，從木條柵圍的低矮拱門進入窄小的校園。

學校只有三間教室，給分散山間的小孩們就讀，座落山壁凹拱的平坦處，面對着山崖，溪澗因時值仲夏，奔瀉於亂石間的水流特覺響徹。正對面的山丘綿延高聳，可隱約分辨孟宗竹的曳影。蕃仔厝的人從九重林下了班船後，繞此溪澗回村較快。朱轟哀聽父親傳述，是因一次大地震分裂而成，當時睡夢中，一戶善良人家從山腰滾下但人畜皆未受害，後代便逐漸在這小盆地聚集繁衍。

「朱老伯的墳地選在桐梧林後，他愛好山水，在此正好可以遠眺。」

他們走上升旗台，顏祭紅手指屋頂後方的山坡，一個坑地在樹暗中因挖掘的新土而有着微亮。朱蘿哀靜靜端詳她，她低下臉來。「祭紅，希望妳不太怨恨我。張雄是我童年的好遊伴，希望你們是幸福的，所有的不幸，讓我和殘廢的朱芹去分擔，祭紅，眞的希望你們是很幸福的。」

「蘿哀，我不知該怎麼說了，我不知該怎麼說了……。」

顏祭紅向他握手道別，用力而溫熱，他強忍着心中的激動，咬緊下唇，眼睛濕了，看顏祭紅慢慢走向圍柵尾端的另一扇門，隱入夜暗裏。

朱蘿哀木然呆立操場正中，看她閃逝的陰涼背影而茫然。突然記起，戰爭中重逢的夢，跳到眼前撞了他滿懷，一切多熟悉啊！但依然離去，他倦弱地幾要顛倒而下了，「五年的別離，還不足够嗎？」他發覺顏祭紅又站到牆門回看他的茫亂，「是的，你失敗了，你死於戰亂憧憬復生，但熱切幽默的重逢畢竟是幻夢一場，你眞是徹底失敗了！」他伏仆水泥台上感覺無邊的虛弱無力，等到又抬起臉，顏祭紅已消失在梧桐林裏。露凉使他的啜泣因濕癢和冷沁中斷。梧桐陰森站立，回去的山徑有如陷阱靜靜等他踏滅其中。

他突然嘶聲喊叫：「祭紅！祭紅！」聲音淒厲廻蕩山谷，自己都爲之一驚了，同時間，聽到自新挖的墳坑冒出一聲怒喝，尖刻嘲諷他的膽怯驚惶，「祭紅！祭紅！……」廻音不絕，他的處境已被逼入孤苦的絕境，當聽見一陣繾綣的脚步踏在落葉像焦急的冷風漸猛漸狂從梧桐林傳來，他的脆弱使他無法再冷靜分辨是否顏祭紅，恐懼臨頭的是無可救解的逼害，膽顫如驚弓，「是誰？是誰？」在人影從柵門出現的瞬間，他已受不住驚懼痛哭出聲拔腿奔逃！在彎曲幽暗的同去的路途，山谷響着他的名字，但他奔逃的激越正像被戰火所殘酷轟擊的慘烈！

3

——我的怨恨成爲悲愴的障礙。歐卡桑她所揹負的苦難，是否註定全盤遺傳給我，然後再讓朱芹去認收？歐多桑啊，爲什麼你醜陋的過往一直在誘害着我，使我也變得猙獰不幸？記得嗎？我小時候的一次旱季，水潭乾涸了，但因爲對鎮市繁鬧的強烈嚮往，我苦苦求你使我得以跟你同行。我小小的身子緊追你飛馳的脚步翻越枯乾的金鷄嶺，嶺間乾裂的盆地上，蘆葦草茅多已歪陷裂土間呈現枯焦，太陽像逼咬的蛇蝎，脚底燙得起泡了，我又試着哀求你哭聲凄厲哀求父親的你揹我行走，但你依舊嚴厲拒絕了！隨後你開始誇耀年少時如何在這尖削的嶺上勇敢抓獵野兎，記得你當時得意的神色嗎？嗯？後來你甚至滔滔不絕說起朱家過往的輝煌，說這塊嶺地曾是祖先的留傳。

——歐多桑，這是你的恥辱，不該向你的孩子誇耀，懂嗎？

——人們都喜歡提起逝去的輝煌英勇，以求慰藉命運的凋殘，錯了，這是更大的嫖瀆殘害。回憶或眷戀也許是好的，但就隱藏心中吧！後悔何用得意何用？我是個在年輕就已飽受滄桑的人，不像你在揮霍墮落後仍能收取一些微薄的功名與喜樂。歐多桑，你是幽默的，我這樣提醒你所犯的錯誤，或許正是我自省的方式吧！我是眞心渴求能爲一切的苦報罪孽悲心懺悔的，唉，我究竟有什麼比你更出色的業障呢？我曾是淸白之人被環境的不幸所嘲弄以致積壓了悔恨的根苗。唉唉，歐多桑，你的兒子就是這樣在悔恨中孤苦泅泳的，是你推我下水的，我要療慰自己的方法是先設法找出對你的怨恨啊！

——是的是的，我知道怨恨本身正是悲懺的障礙，何況你是父親，可是，一切已根生蒂固了，根生蒂固了。

——我爲了肯定生存的尊嚴，不惜花費一生的心血要在濁亂的潮流中逆游！但是否整個世界都効法你，一齊嘲弄我逼毀我要我在絕壁裏卑屈呻吟？我享用哭喊的權利但却失去了喜樂！啊！歐多桑，如果你仍想在入殮前恥笑我就儘管出聲吧！我這般守護你聽取滴漏的雨聲出自甘願，我已認知殘敗，一切加逼的刀劍將宣告無效，哈哈，關於自衛，所謂刀槍不入舍我其誰？

雨逐漸加大，守屍的朱蘿哀打開廳門，喚人拿水盆來承接屍體末端的滴漏。遮在廳門破洞的木板，開啓時碰得一聲傾地倒下，使他感覺振奮。在門口，正吃力拖着帆布去遮蓋棺柩的朱蘿喜，順聲回頭，一看見衣戴蓬鬆而有着詭異笑意的朱蘿哀，不禁愕然停住。

「歐多桑死前有沒有遺言特別交待我？」朱蘿哀問，「他一直對我不滿意的。」

朱蘿喜蓋好帆布，躲到簷下的石階，抹着水漬說：「要你別太剌，別太固執，他怕大嫂和小芹連累受苦。」

屋內的燈光把兩人的影子直直推到香蕉樹上，看着那樣一片鬱暗慘青的蕉葉在雨下噗噗叫響，兩人有着一股濁悶的愁緒了。

「歐多桑留給我的地全交給你作主，朱家靠你去振作了！阿兄我，唉！餓死在城市也是天命安排啊！」

朱蘿喜善良憨厚的寬臉，感激的神色閃耀光芒：「隨時歡迎阿兄回來，我們兄弟只兩人，不能生疏。」

「會的，但你們也要經常帶歐卡桑到我那裏。」

「阿兄，一言爲定。」

「我進去守屍了。」朱蘿哀四邊望了望，也只是包圍的微閃着光星的雨濕，棺柩像潛航水中的船，急於泊靠有光的港岸。正要跨入門檻，朱芹適從客廳傳來喊叫聲！貓頭鷹突然一團黑擲出廳房，撞入雨中的蕉園，一聲破折的葉裂聲，才刹那，又飛擲過來了！兄弟趕忙要去把廳門關上，一時遲，它已經衝入正廳了！

貓頭鷹停立掩蓋神像的白幔上，驚懼瞪視朱蘿哀朱蘿喜恐嚇的姿態，但只轉眼望望香火，並未因之聳動。

「停屍不好拿棍棒進廳內，不吉祥的。」朱蘿喜說：「它也眞乖巧靈異，或許眞是要來看看什麼，就讓它留在裏面陪你算了。」說完，反身咿唔拉上了廳門。

朱蘿哀坐到牆角的草蓆上，仔細留意了緊蓋屍身的白布的暗影，才謹愼抬起眼，端詳貓頭鷹烱烱發着青光的眼珠，那樣子，就像卑伏下位接受責問；眼一閃避，方桌正中的遺照，父親的眼珠也一樣瞪視着他！

竟有些畏怯了。隱伏沉默的屍身，是一分一秒在腐化着蠕動着吧！還有那被遮掩在布幔後面的神像，隨時都會跳出來吧！朱蘿哀不能安神了，他成了被暗中包圍的敵人被逼入絕境！

他奮臂起身，想把垂掛中央的燈泡轉亮些。在切掉小燈時黑暗整個吞蝕了他，然後六十燭光被着急捺亮，光明把暗中殺喊過來的一切逼回原位！他又點上一柱香，發覺手發抖，掌心冒汗。

雨水從屋簷滴入面盆，通通響，努力要默記雨滴的數目，眼一閉心跳立刻躍出而黑暗飛來！他失敗了，他只能膽顫提防四週逼視的所有動靜，並留意貓頭鷹乘機轟襲下來！噗，通——噗，通——噗，通——

——我在想，歐多桑，我和你的最大差異而也是最接近的，該是愛情婚姻一類的事吧！同樣不鍾愛髮妻，但你逃過了其中的酸楚。喔！抱歉，也許我不知道你年青或也有過類似的不幸，所以對歐卡桑百般責虐以求彌補傷痕。如果眞的這樣可憐，我是可以同情一哭的。但，爲什麼在我面對情愛的最後決判時，你不能公正理智地拯救我呢？導致現在的，證明你是一個鹵莽無知的男人。你只略知女人的生趣，却忘記了同情，唉唉歐多桑！你！

——從鎭上回來，到了金鷄嶺寬廣的盆地時，突然間烏雲翻湧有如末日，烈日頃刻間已變爲夜暗了，那氣勢，使我恐懼地畏縮一團甚至連哭嚎也不敢。記得嗎，歐多桑？當時應該是一生中你唯一一次那樣情深地保護我抱緊受驚的我。那樣厚實的感覺是可以絕對信任的，不被任何砂石所染的，父子該是這樣定義的吧！我在黑暗中屏息沉迷在你神色的眞誠，感覺土地的溫暖厚實！

——貓頭鷹眞是你的化身嗎？請不要用烱烱逼人的眼光猜測我的心情，好嗎？我要說，我這樣重提我的留戀，其實正表示你留給兒子的美好記憶，是如何的單薄、遙遠啊！明早你就永墜黃泉了，你回來是爲了什麼？要貫徹你猜疑霸道的心性吧？嗯？

他嗅覺到屍腐的微臭散發到屋的四週，然後齊集一起沖來！噗通的雨滴聲中，白布下殭冷猙獰的臉容似乎正把嘴大大張開，用冰涼腐臭的呼息威嚇着他，使他害怕起什麼悚人的蛆虫落在潮濕中開始慢慢蠕爬開來！這是一種逼迫的困境，朱蘿哀知道他不能逃，而必須鎭定放開心胸的陰鬱，去包容，讓不安的質素離開。

他面露善意，盤腿坐正並努力地，緩緩閉起雙眼。「你靜靜入睡吧！讓一切過去吧！讓我們都有美好的來生吧！」

突然貓頭鷹咕咕喊叫兩聲，聲震屋瓦！

「閉嘴！」朱蘿哀怒喝。引得客廳的人也傳來哄笑。

瞌睡的朱芹從母親懷中醒來，想起了什麼，拄起拐杖沿簷廊走到大廳外邊，左肩貼靠牆壁，向裏面的父親說：「爸爸，我要那隻鳥，抓給我好嗎？」

朱蘿哀已站起身子怒瞪著它，「它是你公公，會啄傷你的！」

「公公疼我，不會害我！是你在騙我的，爸爸，抓給我嘛抓給我嘛！」

「不行！」

朱芹期待的心被莫名喝罵，哭喪般伏在門下大哭。

朱蘿哀咬咬牙根，踱了兩步，回頭睨視着貓頭鷹，「也好！爸爸疼你，你要什麼我一定會盡力，也絕不苛責你、刺傷你！現在，你拿一隻拐杖借爸爸！」邊說邊蹲下身子，移開廳門缺縫的木板。

綁緊頭上的蔴紗後，他在神桌前站直，舉高拐杖然後迅速跳起！眼看就揮過去但半途因躭心打破布幔後的神像鏡框而停止；但立刻他又連續跳起，以自覺適當的力氣斜揮過去！一聲呻吟貓頭鷹已斜斜摔落屍身上了。只是，就在朱蘿哀得意地要趨身去抓時，它又恍惚醒覺，拼力展翅飛躍但已不幸地迎頭撞上燈泡！燈泡盪搖陰影在廳內閃追，朱蘿哀因驚駭以手遮臉退到草蓆上，等張開眼，貓頭鷹正好在布幔上把歪屈的身子站正。

——不要膽怯逃避！我墮落在激憤中並非是甘願的！

——我要告訴世界我的不快！我痛恨這忍受的折磨！我要報復！要發洩！我不能無辜受害！

——請歐多桑作證！我是最誠懇最忠心的！最理智而又不失道德的！

朱蘿哀抓起供桌上的香蕉，一隻隻拋向貓頭鷹！在它無力而驚慌的哀叫聲中因未被同情，美麗而詭異的圓臉終於暈沉下墜！正好落在屍體頭部又滾到榻榻米上。但它明白拐杖就將砍來，頑固與俏皮將使受傷的它趨至滅亡，它又晃晃站直，但翅膀已無法展動，焦急使它開始在白布的暗影中驚惶鑽避，似是被屍臭所掀開的一個隙縫，它不經思慮急急躲入屍身的冷暗裏。

朱蘿哀冷靜品評它臨死前的逃竄，父親被掩蓋的身體也向他無聲示意，向他求情。但堅決英勇的朱蘿哀此時正處於激昂的振奮中，他牽動唇角得意喊將一聲，拐杖已向白布凸起的聳動轟擊過去！

濁悶的撞擊！他聽見，他確信聽見了一聲淒厲的喊叫！甚至使整個屍體忍受不住痛苦而悚顫起來。但他無意分辨那是誰的哀叫？貓頭鷹？歐多桑？或者是自己？

他先把拐杖從廳門的破洞扔出。站直，屏緊呼息，要在屍腐的騰亂裏保持一份冷漠安然，然後，他站了過去，用雙手掀開染了血肉的白布。

破爛的貓頭鷹的頭顱在血沫中誇張着無奈與痛苦。而父親的臉因被羽翅與血滴所染，且在左額處劃爛了皮，看來滑稽而又陰森嚇人。他拿起鳥屍，血滴滴從父親稍露唇外的門牙，向湧噴腐臭的，已殭硬仍試圖斥喝的喉嚨滴入！「拿去吧！你想得到的爸爸一定盡力！」他幾乎要失聲地哭喊，把貓頭鷹丟到瑟縮夜暗中的朱芹。「歐多桑，怨恨責磨我們！侮辱我們！……」屍首的臉在眼中翻轉，血絲的眼血絲的舌，啊啊！像童年被伊鞭打責罵後的夢魘！他聽見屋外受驚的朱芹刺心淒寒的哀叫！他看到神桌上冷笑的歐多桑，他支撐着，要把白布，染血的白布拉去蓋住屍首，但驚懼使他發抖暈旋，啊啊！只見森寒的四壁忽白忽紅飛撞過來！終於，他流着淚昏倒撲壓在父親殭直的屍體上。

4

——原諒我原諒我吧！陽光的世界，請讓我仍能去愛去悔恨！是誰在逼害我呢？誰在追殺我？誰在呼喚我歸去？誰要我逃要我死命泅泳，啊！漆暗無光的浪啊已使我疲憊崩潰，誰是支援的手呢？我的友人愛人已面南離去，高貴的無知使你們忘記自身生命的哀傷慘澹，啊！你們忘記在鄙視困苦的時候你們本身也正陷溺其中的！忘記敲敲打打的風雨，而去選擇幸福與安全，唉！誰是朱蘿哀呢？請你們將他忘記！把朱蘿哀忘記好吧！

清早，在人們逐漸甦醒時，他隱到蕉園，在一株壘垂果實的株幹下仰躺，望着陽光把葉影削成枯瘦，又不勝悲從中來，落淚感傷。

——受够了，怨恨以及愛的枉屈，受够了！離開我吧！離開我吧！請給我陽光，請給我喜悅！好嗎？嗯？——

昨夜，當漏雨把他從昏睡的甜美抓醒，一種入骨的清涼，像夜色神秘的安寧，走來忠告他。「唉！是生存的嚴肅嗎？歐多桑？我跟你是不同的，我沒死過，所以是可以復生的，是嗎？」他覺得可笑，但只喃喃自語不敢出聲。懶得不願再去回想一切的，夜暗使他感覺祥和悠閒。打開木門時嘎嘎的聲響，是親切的調侃；而屋外，星月與山色的冷寂，飄了過來，姿態就像溫切的接迎。

他到屋外換了一盆清水，用原先供在屍體前的毛巾抹去父親壽衣和臉上的血漬。他仔細端詳，額頭側旁擊破的皮膚已開始有腐膿的腥水；灰黃的齒縫內，像排了一隊蛆虫，正從肚腹往喉嚨爬出，似乎輕輕一咳就會噴得他整臉。但他堅定微笑，冷靜勇敢地制伏了心底的驚懼。並且，他去握那揑緊銅錢的殭冷的手掌，擺弄更滿意的姿態。發亮的綢質壽衣，由於摺疊時腰際的小皺紋，他困難地翻動屍體以使之拉平。

——請不要錯解我在自省裡獨自流淚是儒弱的自憐，那是一種委婉動人的告別，是我最堅定的語言，爲了過去。唉！什麼是我的過去？怎樣才算悲心懺悔的最深刻的虔誠？如果仍被我尊貴的父親、孩子、友人或愛人或妻子誤解是無助底呻吟，那將是最魯莽的幽默了！

——唉！寬恕我吧！同情也好，如果我已經沉溺在矯作的自衞裏，一切，唉一切一切的不幸愛恨喜樂請容許我在悲懺後獲取一份清明，啊啊！清明正如純潔，請讓深情的朱蘿哀去擁抱！好嗎？報復過了，陳述過去，摧折過了，讓朱蘿哀有一條生路，讓他去，好嗎？

當昨天早上的電報告訴他父親已經去世，他雖一時茫然不能清晰有「父親」「死亡」之意象，但確實知道是熟悉過的。以致於，感覺到一種奇異的悲涼繞過兩肩沿背脊掉落。鏘然有聲的一種掉落！像是說：負苛的，從心裏解放！抓擊的，已在傷疤中凍僵脫皮。父親，像懸掛在眼前，壓痛着但不能望見的額頭，是代表最深切的情份，最嚴苛的壓迫，最尖銳的刺剎，無法閃躲，無法閃躲。而現在，他自由了，他獨自擠入荒野中，用眼瞳直接去碰撞熟悉與不熟悉的山山水水了，所以現在朱蘿哀警告自己：流淚何用？使你茫亂碰撞，使你被印象中的枝椏誘入斷崖！啊！朱蘿哀！入葬的不是你！朱蘿哀，哭喪的是你不是朱芹！啊啊！可憐又可敬的朱蘿哀啊！陽光照痛你了！照痛你了！

他離開蕉園，沿一條山溝行走，在繞到院後文旦樹時，他從窄隘處跳了過去。然後他開始往斜伸下來的禿嶙山脊攀爬。山像魚鱗，脚踩上去就微微剝落。

這時，有人在院裏順着屋背發現他，那樣困難伏仆的姿勢看來是如此使人同情，就大聲地叫喚他了。

他想起以前是常來爬這山的，當時身手是多麼矯健啊！現在下邊的大人小孩都抬起臉看他細小的身子，他有些忿怒了，他無法容忍任何人取代父親過來干涉他。

但下山的驚險使他淡忘了方才的一切；一回到前院，喧鬧立刻佔據孤獨。

棺柩醒目地弓着身子在庭院中央，衆人像朝拜似的擁繞四週，棺蓋被掀開了，大家屏息等候歡呼，但只是幾個辦喪人誇張着姿勢把燒剩的稻草灰燼倒入。

吹嗩吶的中年人依然披着壞了拉鍊的薄夾克，那朱黃的顏色比棺柩更搶眼，他的精神抖擻，面露瀟洒得意，喊道：「有沒有準備零角壓棺？一毛的就可以，對，對，七八個够了；還要去撿幾塊小石頭；有沒有米？不必很多，還有，要一把掃帚，不必新的，等一下用完就燒掉；要一壺水，嗯嗯，可以；石灰都沒有啊？那麼包一包稻草灰，要當壽枕的，可以，這樣够了，要用白布包！……」

大家都分頭去忙了。

嗩吶手倚着棺材挑牙縫，又清閒地抓起嗩吶吹了兩聲，這一吹，忙的閒的都紛紛歸來並嚴肅站立有如等候斥責。他不禁笑出聲來了：「還沒還沒，試個音罷了。」突然想到什麼，拉緊了臉又喊：「再多找兩個瓦片，伊平常穿的衣服找幾件來，什麼？已經準備好了？不用燒那麼多，好的留下來穿。」

羅庭趨身到木然呆立的丈夫旁，細聲咕噥：「你今天怎麼啦？像着了魔似的。」

「唉，羅庭，妳愈來愈跟不上我了！」朱蘿哀說：「奔喪沒有給妳什麼啓示嗎？山水的靈秀呢？哀悼的悲傷呢？一點都沒有嗎？可憐啊，可悲啊！」

「算啦！你這個既迷信又狂妄的男人，會被主戲弄的，他們要你永生，是爲了叫你承認自己的怯懦無助啊！」

「羅庭，人家說不信主就要下地獄的！妳不怕啊？」朱蘿哀指喚坐在簷下，有如一根斷木的朱芹前來，接着說：「但我信仰的却是自己，我自己就是神，苦修的，多情的，妳懂嗎？妳不要猜疑妳的丈夫，他是關心妳的，痛愛妳的，哈哈——」朱蘿哀大笑，連忙又把笑聲斂住，扶住走來的朱芹，「他是我們的兒子哪！是比他的父親更悲苦更不凡的哪！」

朱芹觀望棺柩的神色就像目睹預謀的陷害，膽怯地問朱蘿哀說：「爲什麼要把阿公關進裏面啊？」

「伊對你阿嬤不好，他要進去反省。」

「什麼時候放伊出來？」

羅庭說：「到伊認錯爲止。」

「不要關我，不要關我！」朱芹怕得退後。

「小芹乖，爸媽不關你，是你來關我們才對。」

「爸爸，你錯了？你不是乖孩子？」

「但爸爸是好父親好丈夫啊！小芹，你要原諒爸爸啊！你想怎樣我都順你、疼你，好吧！」

「把阿公放了。」

「來不及啦！」

「我要阿公嘛！」

「你還有爸爸！」

嗩吶手在手巾兩端平均裹着米、石頭和零角，垂掛棺柩前頭。朱蘿哀朱蘿喜列在妻子和朱芹前頭，嗩吶未開始叫出前他們已跪倒地上，對面前昂立的棺柩怒喊：「歐多桑大厝到了！歐多桑大厝到了！……」「阿公大厝到了！阿公大厝到了！……」

客廳前簷下，顏祭紅換了灰上衣，黑長褲，正扶持着哀慟的朱蘿哀的母親，試圖踮高身子從人圍的間縫窺探入殮過程。斷續的啜泣使她無法承受這種擾鬧，就說：「阿婆，不要再哭啦！兒子媳婦都這樣好，這樣孝敬妳，妳哭會使阿伯不安心啦！」

「阿哀伊的歐多桑臨死前還一直唸伊，伊還叫我不要傷心會弄壞身子，伊死得確實可憐！」

「阿哀是一個重感情的人，家庭美滿，夫妻會孝敬妳的！」嗩吶不協調的暴音尖聲劃開，顏祭紅看着朱蘿哀掉淚俯跪，也想跟着跪下的，紛亂中猛被自己滴落臉頰的淚珠所驚。

「伊應該娶妳才對，唉，天命啊誰知伊歐多桑頑固，害得阿哀活不如死，瞞不過我啊！我親生的孩子啊！可憐伊是這樣乖巧有學問的孩子啊！……」

顏祭紅跟着抽搐，已被淚水模糊。天空跟着昏黑朦朧了，飲泣的激盪一如昨夜繾綣的梧桐林，陰寒展示既往的哀傷不幸。她不是個能安心想望美好幸福，却又容易受其困厄的女人。在五年的分離裏她反覆要確認苦難的尊嚴，反覆地流淚，就像痴心去選唱歌名。

感覺昏暗中激情哀婉的回眸裏有人轉眼望來，恥笑她却又推崇她的心情。她因羞辱而哀痛奔入漆暗的梧桐林裏。她慌張隱入廳內，伏仆椅上失聲哭泣。

然後嗩吶突然停止。使她清晰聽到朱蘿哀的哭喊像嘶竭的呼喚在山崖間碰撞得遍體遴傷，她驚愕跑回學校操場但破碎的朱蘿哀已承領殘敗的恥辱倉皇奔逃。啊！朱蘿哀！他的哭喊象徵着那一種悲悼？——她又奔出客廳，擠入人圍，痴望着朱蘿哀，正俯跪棺柩前痛哭，眼淚把水泥地濕濡一片。

「繞棺三圈！」

中年人命令地，把嗩吶交給旁人，提着水壺邊走邊澆。朱蘿哀垂着頭跟隨水跡跪爬，然後是弟弟，羅庭、雲仔、朱芹，「歐多桑大厝到了！歐多桑大厝到了！……」他的聲音逐漸哽咽，能聽見背後的哭聲。已快繞完一圈，看到仍呆跪的朱芹，大叫道：「小芹，跟你媽媽爬！」害怕的朱芹立刻被嚇得大哭起來。

他屏息，激怒，屏息，在繞到原處接近噤聲抽搐的朱芹時，臉尚未揚起，沾濡沙土的嚴厲的右拳已猛力向伊的後腦擊去！——立刻，在無聲的剎那後，在朱芹身子碰撞地面的拐杖的同時，幼小脆響的哭嚎已是一種厲竭的控訴讓驚愕的旁人爲之激起憐憫！

「你幹嘛！你不知他的腿爬不動嗎！」羅庭立刻從悲傷的泥地躍跳過來，扶起痛楚恍惚的朱芹，她宣判的銳利使棺柩人羣都畏縮後退，嗩吶手呆呆站立，忘記了音律。

朱轟哀仍舊顧自垂頭哽咽，但突然停住，停住，分辨人圍中幽淒的哽泣，如此熟悉，「啊！祭紅！」當臉抬起他分不清是驚愕或興奮或悲慟地叫喊出來，幾乎想躍奔過去，擁抱她，向她跪下，低聲傾訴並衷心懺悔！

顏祭紅臉色蒼白，雙手掩面，往後退，往後退，碰到了廊緣，仆倒了下來，讓焦急的朱轟哀的母親哄着她，撫慰她。

「唉！誰原諒我的愚昧我的無奈呢？懺罪，永遠懺不完的罪啊！永遠追逼的疼痛，像落葉呢，落淚如落葉，掉不盡啊掉不盡啊！……」當朱轟哀的哽咽若有所思地停止，他溫和冷靜地喊起：「歐多桑大厝到了！歐多桑大厝到了！」嗩吶吹起，哭聲人聲又回復了順利的韻律。

爬完三圈後，又相隨爬入大廳裏。

覆蓋屍體的白布已掀開，擁繞屋內的腐臭使每個人相顧不語，僾僾提防幾隻金頭蒼繩嗡嗡飛叫，偶爾停沾屍體額邊的裂痕上。

「燒脚尾紙！」嗩吶手向外吩咐，將準備的冥紙、瓦片和掃把拿進來。朱芹和大人們拱圍屍體後方，把冥紙一張張往火堆丟，廳裏頓時光亮開來。

嗩吶手用紅紙包了些灰燼，塞入死者緊捏銅錢的手掌裏。再把剩餘的掃到瓦片上，用另一片蓋住，回頭向一位辦喪的老人吩咐道：「瓦片拿去蕉園摔破，其他的燒掉。」把掃帚和丟在屍體下方的衣服毛巾交給他。

嗩吶手到屋外，翻開垂在棺柩前頭的毛巾，對屋內跪立的人喊：「米分配拿同家煮，零角每人帶一個在身上，人說結手尾錢，富貴萬年。」旁邊的人代爲拿着，他又嘩啦嘩啦吹起嗩吶，讓理喪的人顚顚晃晃把棺柩抬入屋內，「歐多桑大厝到了！歐多桑大厝到了！……」

屍體的腐臭更恣意地從額頭和齒縫間散揚開來，蒼白冷酷而又哀悽的神情，顯得幽默委屈，似哀求着同情。但抬屍人未經思慮，已將之狠命塞入舖了白布的棺槨中。蒼繩仍貪婪沾黏在額頭的裂痕上，朱蘿哀不忍，咬着牙揮手趕；蒼繩嗡嗡逃出，把人們嚇得東閃西避。他又把高脹的肚腹儘量拉平，但感覺一身華麗的父親仍在窄隘的棺柩內向他挑剔責難。

「歐多桑大厝到了！歐多桑大厝到了！……」

棺蓋從院外抬了進來，趕了趕蒼繩，顯得急促草率地就蓋上了，好像還不及道別，一把大木槌巴面着高聳的鐵釘，像要穿過屍體般凶猛擂打，和着嗩吶尖迫的音調。激憤失望的蒼繩，撞上了方桌遺照的玻璃片，身子一滑，嗡嗡逃出屋外在門簷搖提的兩個喪字燈籠間嬉鬧。

朱芹在旁邊叫喊阿公，艱難地用手支撐以使癱瘓的雙腿能有一個可以忍受疼痛的姿勢。

朱蘿哀已停止哭泣流淚，任隨父親的印象隨鐵釘一步一步陷溺不見，感覺屋外的陽光更加亮了。

當發現身後奮臂撐身的朱芹，立刻弓身要抱他，但朱芹氣憤掙脫。他感覺難過，尷尬困難地死死抱上他來了，攏好伊懸晃的雙腿，忍不住破碎與哀痛，喃喃的說：「原諒爸爸好嗎，小芹？原諒爸爸，爸爸認錯，爸爸反省，爸爸聽你順你。」

將近正午的太陽慢慢照得窒熱，棺柩終於與鐵釘在彼此的哭嚎慰安裏接受結局的沉默。人們齊集屋外談起出殯的事。

「一切都結束了，一切都結束了，小芹，原諒爸爸，爸爸現在只剩下你一人了。」

嗩吶與陽光在屋外的人羣間爭論。朱蘿哀依舊擁着朱芹伏在棺柩的暗影裏，痛哭出聲，無人敢進去扶起癱瘓的哀傷的父子。

・一九七六年八月寫・

離訣

1

這是長久來莊蕪首次從日夜顛倒的境況回復正常。昨夜雖苦嘗失眠煎熬，但清晨天色剛明，母親已依從他所一再吩咐的，走入他獨居未鎖的院門，在屋外叩窗喚他。

無端陷入的究竟是如何的夢？誰追殺他到谷深無人的崖壁！他哀然慨嘆幾至跪拜求饒：我犯了什麼錯啊！寬恕我的無辜，好嗎好嗎？——

這正是近日深鎖書齋自省的主題。失眠症使他的腦神經衰弱更趨毒辣，整個人重心傾逼在顫抖的眉梢，絞索般要擰出筋肉來的疼痛！望向鏡中蒼白虛弱的身子，陰冷得沒有任何可以詠嘆的傷跡。好吧！失眠症，這可愛的詩的吟唱，在闇夜裏引誘他去傾聽屋外招搖哭吟的枝椏，偶爾呼嘯馳掠軌道的夜車，忽揚忽低的村狗的淒嚎，似是引領一羣害羞的鬼魅姍然飄歸遠地的家居。這多天的夜晚哪，什麼理由要他屏息伏臥傾聽土地哀弱的脈動？

——我病了三個月了，多天來了嗎？我離家這麼多年，而現在，病痛使我暈沉不敢確認三爺村家居的溫暖。

——以及冷涼。這是多天對吧！我等待這麼久了，這麼遲才來，這麼遲才來啊！……

眞的是母親喚他。

「決定趕早車去啊？如果身體受不了，我看，就辭掉好了。」

連忙翻身，「才半個月，多苦一幌也就過了，何況是跟孩子們相處。」

多天的早晨眞冷，霧深，像一襲冰結的晨袍。

莊燕連忙披上厚暖的藍色短大衣。揹了行囊，在家前方的車站搭乘冷淸的早班車。沿途，暈沉的頭額却隨着窗外飛逝的田疇景色興奮起來。

一小時後到了高市，依照江老師所指示的，連忙又趕着搭換客運車前往新厝村。

好久未曾想像過多晨的城市，異樣的祥和寧靜，宛若可以窺視將沉未沉的霧在晨曦裏羞怯又稍帶冷漠的表情，浮游着，浮游着，竟悄悄走進車來貼靠他欣喜無言的面頰。

碰！費力地推開車窗，風冷辣辣刮撲過來，哆嗦冷顫，優雅的長髮好看地飄騰着。連忙穿好大衣。座旁的女生從睏中驚醒過來，髮一甩竟啪得他的衣服一聲刺耳！莊燕霍然弓身前俯，屈指一拉，碰！風被擋回車外了。

就在此時，晨曦在車子的大轉彎裏透過窗玻璃嘩啦啦披撒進來！

陽光，竟是這樣親切的友人嗎？每個早晨他縮蜷在陽光披臨的書齋牆角甜睡，這是醫生與母親所一再叮嚀的，似乎向頑皮的孩子作唯一的要求，就好像也是脆弱的二十四歲的他最後所可能回報的了。陽光親切在說：睡吧！莊燕，您就盡力成全吧！

反覆惦念這是多天。裹緊棉被想着山川皆已凋零凝結，所有歌唱的鳥禽將在深遠的山野蟄伏，而他何時也從勇敢的漂泊中歸來了。那莊嚴慘凄的佛寺的鐘鼓已沉寂，山澗的氤氳在霜變後凝集四週的山巔；或者紛擾的城市，他騎着瘖瘂叫喚的破單車趕赴大樓上班，風陰狠澆酸鼻息，可貴的霧冷淚般令他哀慟……。他終於睜開眼望向刺目的陽光，低泣。

——我知道，這就是身世。如果我不能用悲苦背後的光采撫慰人間，我仍希望我能給予一些暗示。

——我只是個平凡的孩子，奢想以深厚的愛詠嘆人世，但爲什麼悲心的子民就無能獲取任何一次小小美麗的回報？

——原諒我，媽媽，以及朱顏。我曾勇敢要走入妳們潛藏的愛裏，但我受到打擊！有一溝渠橫在命運的脈膞裏逼人喘息，我們都是天地裏無辜的花樹啊，本該忍受善意的踐踏，是嗎？

無法抵擋他的憂思，額頭就像欲裂的鼓咚咚震吼，使他又再呻吟低嘆。

想起朱顏，好像早已隔開在遙遠的繽紛國度。同樣陽光却不同冷暖。當五年前還是高二時候，寒假裏三天的社團研習會裏，七十餘人在陽光下歌唱嬉戲，莊燕第一眼瞥見朱顏俊傲清秀的臉，莫名的心悸久久不已。而那是純潔的年少，勇敢激情却也在早熟的憂鬱裏懂得冷靜析理命運的因果未來。會散後，回到家的當天夜晚，他在書齋裏終於決心爲未曾交言過的伊寫信。

而這一切已是流傳久遠的陳跡，是否朱顏仍會在多天的陽先下細細撿拾？

車上的人逐漸稀少，小女生不知何時下車了，莊燕猛然想：「和朱顏相識時正是這年紀呢！」

又轉眼窗外，抱怨自己飄飛的神思。本以爲新厝村會是個渺無人跡邊遠的小山村，誰知沿路却一堆堆擠擁着粗陋凌亂的聚落、工廠和灰暗的田疇。

霧已整個散失，陽光在公路上逐漸顯得猙獰粗暴。他答應去新厝國小代課半月，如今頗感悔意。寧願自己再沉淪於病深的脆弱頹廢裏，仰坐溫暖陽光中，任眼眸木然沉落屋前榕樹葉蔭的冷暗，端看火車一列列從身側堆高的軌道馳嘯過去。三個月來三爺村的靜居他已不復瞭望遠方。也許這三年來無止盡的孤苦浪蕩是值得恥笑的。

他在五年前相識了朱顏後與她相交一年餘，然後分離，正是畢業後所開始的一連串漂泊動盪。他曾慶幸免役誰知正是不幸；曾因朱顏在三爺溪畔與奮狂奔却正所以預告後來的哀然吟淚。而今天，昨夜突然決定抱病離家往南方行來，這脚步永遠來不及提防啊！半月後的歸期到底又該如何捜理可靠的心情回家，好在回憶裏怯羞再涵詠閃變的命運呢？

家的多天，無端地暈沉憂鬱着，醒來大多是十時前後了。楞然呆坐屋前，家人居住的及隔壁空閒宿舍作爲書齋的兩扇朱紅大門正隨北風嘰喳微晃，喃喃唸起朱顏常說的：「每年都還沒來得及秋天的心情，多天就偷偷地來了。」

母親去村裏的晨時市集回來，整頓好家務，經常陪他聊天，一邊抓着竹帚，佝僂身子掃拂鋪陳滿地的榕葉。

「天氣漸漸涼了，在東部會更冷吧！」

「比較起來，北部更冷，經常還是落雨的。」

「噢。」母親停住，難過地揣想神秘幽深的遠方。

立刻有了悔意逼昇胸口。抵擋不住的山水，在遠方又隱約呼喚呢。總不該在家裏又死命懷想遠地的驚慄啊！

把書翕起擺放椅上，扭動木屐半跑着往前鄰許家借大畚箕。

「燕，免借啦！」

母親細聲喚住了他。他好久未曾在風中跑動，兩條僵冷的腿呆板停住。他的驚愕或因懼訝於母親語音的溫切，使他醒覺自己眞是個乖巧惹人憐疼的孩子。

「那麼，樹葉呢？」倦怠凝望披撒着碎花陽光的母親與其身影，如浮游的氤氳。一列南下火車自北面三爺溪的鐵橋奔來，從榕樹後端緩緩馳掠過去，停靠前方不遠的月臺。

嘟！——猛然一聲尖銳的汽笛，驚顫醒來，張口便問：「媽，樹葉要火焚啊！」

母親和善地笑了。套着毛襪的雙腿輕輕磨擦滑亮的木屐，却敲出響亮的脚步。他到厨房拿出火柴和沾了汽油的布團。

昨日以前的，在離家後的想念是多麼寂靜的一幅畫啊！像個與世無爭的老人返老歸鄉舒緩呼息着，只偶爾爲風流狂傲的年少感傷涕泣。——而勇敢的自己今天復活，將去與一羣天眞快樂的孩子相處，這閃爍的生命的浮游，哪一岸的泊靠才眞實？

莊蕪頻頻望起手錶，七點十分，二十分，七點半，現在已近四十了。聽江老師說從高市到大寮要四十分鐘路，而後再經幾站就是新厝村。甙心車掌忘記叫他下車。剛在憂疑，車子停住，站牌歪歪寫着「大寮」，路的兩邊緊緊擠堆着暗灰的屋舍。

南方溫暖的陽光刷拂他的面頰和大衣，他挺挺身子。

他在枯井旁的葉堆放下油布團，點燃。火先是劈啪響，風一吹立刻殘弱下來。接過了母親手中的竹帚，把被吹散的枯葉輕輕再堆掃上去。火光熄止，只留一道濃煙撲掩開來……，剝剝！火炬爆響火光又啪啦騰開，心一急連忙揮着被燒及的竹帚退開，木屐摔翻脚邊。

「不必管它了！煙慢慢薰總也會薰光的。」母親爲他撿好木屐讓他把踩着塵土的腿襪伸進，說：「自己身子多留意，別受了風寒。」

煙往上頭的枝椏撲擁，然後向陽光的天空披靡、繚散。風呼呼吹，樹葉就像諂媚的手勢紛紛飄落。

「永遠落不完的，永遠燒不完的！」把竹帚順手丟到廢棄的枯井上，「這是我近月來唯一思索自省的主題吧！是否命運的折磨就如樹葉，只能選擇凋萎零落向風聲謙卑奉承？」

他感覺深深的倦怠衰弱，唉唉低嘆，慢慢扭動身子，在這片鐵路宿舍前的庭院跑起步來，故意踩響剛剛掉落的樹葉。

陽光閃晃然後煞住！「喂！新厝到了！」車掌大聲喊車末端的他。他挺胸凝神的姿勢立刻霍然站起前奔！眼前冒出一片未加提防的冷暗。下了車來。啊！陽光！

2

下了車來，車子立卽衝入前頭無盡處的光芒裏，滾飛的塵煙撲得他一臉。是什麼引力領他來到這陌生地方？莊燕有奇異的幻覺，這灰沉土黃的低丘村落似乎死靜等待着一次死滅！那時，疏鬆謙誠的泥土、頹敗的房舍將傾落，而由成羣的、覇氣尖酸的廠房與大煙囪姦佔。生命中浮沉於山水的陰鬱外，還是難以避免去憂慮其他的殘缺不快。新厝村，這是陌生的，無可令他心動的村落，莊燕縮儡的神經祝禱着平安，祈求嚴苛的陽光隱退。

站牌旁一條碎石路與大道成十字交叉，向東伸入蔗田裏；西面土黃丘地斜擁着一堆農舍。他跑到對面的小麵店探問學校位置。一身油污的少婦好奇端詳他陌生的語腔身態。他橫過馬路，向凹陷不平，鋪有土黃石塊的村路行去。

風似乎吹上丘脈又往後退囘，空氣中有濃厚的砂塵。放眼望去，盡是大片土黃渾濁的泥丘、樹木、屋舍和幾片倚在角落的田地，粗糙而不潔淨；一條村與公路間的小河流，更是汚濁不堪。走過幾間頹敗、緊閉着的草房，一小片鳳梨園，過了橋，村路便斜往上伸了。

一切看來怪異。原來每個地方都積堆着一層砂土，尤以路兩旁的住家，有如久旱未濯的穢衣曝掛陽光中。莊蕪恭謹地跨着散亂於路面，或凹或凸的土塊石塊，對兩邊好奇探看的眼光努力裝出淡漠。大抵是買菜賣菜的婦人與小孩，幾隻土狗興奮叫囂着、追趕着！他微弓着身子，只覺村路越陡越長好似沒有盡頭。

驀然間，碰碰碰上方一輛滿載砂土的大卡車迎面俯衝迎來！

莊蕪驚慌閃避却也只能是有趣的結局，車聲轟隆砂塵飛揚像嚴厲警告他退回退回！不安地屏息着。當一切如舊，村人喧囂復起，他抖抖一身的砂塵，再往前行。

啊！在這陌生世界裏他竟是這樣脆弱無力！孩子們的笑臉曾在想像中繽紛羅列，而今接近學校，却反而像已經滾落不見了！

終於走完兩邊的村舍，路從面前的矮丘向左轉伸。

一過矮丘，就能看見靜靜伏蹲於薯田後面的學校了。操場空蕩地裸裎着，既無圍牆也沒校門，幾間矮陋的校舍圍柵於西南兩邊；倒也有幾株未長成的鳳凰樹揷立操場邊緣。學校後端，右側又是一座灰綠小丘；左側連綿着養鷄園、磚窰，和一大片寬廣雄偉在陽光下閃閃發亮的墳丘，散生的蘆葦依稀向他招着手。

前方正有三兩學生橫過收採後的薯田趕往學校；田野遠處的丘陵，被橫腰削挖，一輛大卡車正反着身子往土丘挺壓過去；鳥禽唧喳從他背後飛來撲入山丘的灰綠裏。

當莊蕪怯怯走近操場，苦思着該以何種心情進入，剛好有一婦人來到走廊裏，噹噹噹搖起手鈴，立刻，學生們轟然從每間教室衝出，大多還握着晨掃用具，好像候他多時，竟紛紛向他剿圍過來了！

他愕然枯立操場與石路間，身子尷尬地斜傾着。要進要退都是險峻的抉擇，他是如此驚恐了。命運似乎也給予可以扭轉思慮的機會，實際上却又只能隱忍受其擺佈，反抗或憂疑是徒然的。他知道，這是他的柔韌他的勇敢，除了喟嘆他甘願粧扮輭弱的姿態順水漂流，順水去漂流不萎縮在繁華美麗的河岸。

孩子們團團圍繞，安靜下來，猜測着他的害羞與嚴肅。辦公室三四位老師聞聲走出，其中一位矮小慈祥的婦人奔趕迎前：「莊老師！莊老師！」猛然記起是喚他的。

「江老師！」他應着，聲音眞有難言的委屈。

橫下心來，冷笑了，「不要認爲一切都是命運，不要嚴厲對待每一閃變的風景，好吧莊老師？請同情你的虛弱，不要陷害自己！」孩子們退開一條路，端望他沉穩莊重的神采。「這是寂靜的家園，沒有危厄爭鬪，讓生命在此舒息……。」他向老師們迎去。

可是天哪！他的委屈他的無告眞是防不勝防的苦楚啊！當他和善微笑向孩子向眼前的老師們點頭示意，他懷疑是夢，驚恐失措，天哪！「朱顏！朱顏！……」沉着激昂，是她，是她啊！

「爲什麼啊朱顏！爲什麼我們痛苦分別又必須殘酷重逢！……」

視覺從陽光陷入昏暗濕冷的叢林，感覺渾身渙散無法確認眼前瞬變的景物。他感嘆勇敢謙卑的畢竟也只能是任命運擺佈的棋子。這或許是無辜的是天地的善意！但有誰能甘願被主宰且永久受控訴！風吹猛烈而陽光兀自粗暴，奇異的冬天的熱流與冷風糾纏。而朱顏似乎眞不曾察覺衝激的苦楚，和其他老師一樣和藹歡喜，鎭定且懂禮貌，向莊蕪問候。伊的安祥冷靜使莊蕪羞愧交加。這一切過程天眞的孩子們是尖刻嚴酷的見證人不容他稍有狡辯！「天哪！重逢重逢！誰願意饒恕我體諒我的脆弱我的無辜！……」

長久的分離後這是驚心的相逢，他依舊憂鬱輕狂而朱顏却是臃腫肥胖且竟有了大大的身孕，寬鬆的紅格洋衫像醜惡的石碑壓繞其身，這他防所未防的遷變大異於記憶中伊的娟秀伊的溫存。他一直是入病般日日夜夜想望着哪天哪日能與朱顏突然重逢！而現在夢想成眞且將有一段時日共處，可是天啊這一切就爲了這惡毒酸刻的諷刺嗎？

記憶無法避免被冰冷的時間之繩拉回從前。他以爲冬天到來伊留長的髮將輕拍細柔的雙肩，會披着嬌小的她喜愛的白色夾克，戴稍感嚴肅的小眼鏡，紅暈着好看的臉頰，害羞端看人間一切哀喜而不稍稍受驚。——而所有無常的便開開落落了。只是受折磨的莊蕪不甘願，他追問誰是暗伏背後的謀害者？緊緊安排不容他喘息甚至無法去悔恨！

晨間清掃已過。老師學生們到小操場排隊升旗，合唱國歌的聲調粗糙宏亮而音韻雜亂。莊蕪想到走廊陽光裏肅立，又謙遜停住了。破敗的屋舍特感陰冷，風從兩旁窗隙繞襲進來。左前方朱顏的桌子一疊筆記隨之潑辣翻拍，然後一本本掉落書桌、椅子和剛洒過水的地面。

搖過上課鈴後，老師學生們紛紛回去教室上課。四年級的小班長跑來提醒這位年輕而有威嚴的代課老師，大家正等候上課。莊燕要他回去囑咐同學先寫作業，「好的，老師等一下就去，你們要安靜，懂嗎?」

莊燕畢竟只是一個獨身落魄的代課者，爲了一種命運的象徵無辜到來。但退縮已不可能，沒有理由再在朱顏面前扮演落敗的角色。這半個月無論如何是必須艱苦撐過的。但如何再冷靜站起已是一個險峻的關鍵，那三百個學生和老師已團團圍困，尤其清楚聽見四年級五十五個令人憐疼的孩子，正屏息等候他英勇的神采。

莊燕流出感恩悲憫的淚。慨嘆慨嘆。然後起身離開；又回過頭，細心把朱顏桌上翻落的筆記本拾起疊好。堅毅迎向廊前熱烈的陽光與風聲。

3

江老師帶二年級的課，回家較早。莊燕在學生們逐漸走離後，才和幾位陪伴的學生走下村的碎石路到公路搭車返大寮。新厝村到大寮只十分鐘車程，但下了車到江家還須一段路途。種着矮木麻黃的窄小柏油村道臥在向晚暮色中，二十分鐘的步行莊燕任身影奔落青綠的田園。

暮風吹撩他倦怠善感的神色，他每每不能在這陌生的村景裏把持一份客觀清明的理念。幾白來他按照時間上班，也在固定時刻回到這安祥的黃昏裏。但要回去的究竟不是眞正的家居。在家養病時他曾立定決心不再輕易離家，如此，他豪壯的悲痛更令他悔懊不安了。幾年來外地浮沉的記憶眞像錐骨的風，猛猛又痛刮過來，要他驚顫倉惶！他焦急扣好厚暖的藍大衣緊緊裹住身子。

在村路第一個轉角，獨立着一棟兩層樓房，樓下販賣日常雜貨。每次下課回來，一個痴呆少女總是坐在門口短凳上。不知是誰先對誰好奇，她就歪着臉，無神的眼珠端詳他從門前走過，然後站起隨在身後走幾步。

那是好奇的、懷疑的神色。似乎對他介入這寧靜的村莊努力要探索一些理由。痴女蒼白的臉圓而瘦小，髮綣却疏短，縮蠕於滿是痘斑的臉上；微張的口像發問什麼。莊蕪努力要裝着熟悉自然，却又難勝倉惶，而不得不隨時儆愼提防所可能變異的僵持。——當他抛開伊的追迫，緊接擡入眼是樓房斜對面小祠廟靜蹲的香爐，一面火紅的「有求必應」神秘地招舞！

轉向東面經過一大片蕉園，再穿越幾戶緊密擠靠的村舍。江家院前的竹籬兩旁，分立着兩株巨大的芒果樹和楊桃。屋子顯露破敗，屋頂修補得像褪暗過時的花衣。江老師此時已換了家常衣繫着圍巾，穿梭於簷下的鷄籠與厨房間。

屋子北廂東廂相聯；西邊除了木板圍成的一間浴室外，幫浦旁一株茂盛的棗樹垂掛四週，與鄰人庭院用一道磚牆隔開了；適與門前的巨樹矮籬拱成一個正方形。莊蕪與江老師的兒子江含煙住在隔着村道，另外獨建於對面的一間半新的紅磚屋裏。

初來那天他和江老師一起搭車到大寮。江老師騎着車先走一段路後再下車等他，如此反覆了五次。

江老師帶引他推開磚屋的木門，撲現的是一片陰暗霉濕。「電燈壞了，含煙整天就知道賭博釣魚。」

仔細分辨，前廳角落蹲伏一張塵埃厚重的圓桌及幾張圓凳，連地上也散置着報紙書刊。一起摸黑進入，捺亮臥房的日光燈，報紙書刊也凌亂丢棄在書桌籐椅和木床上，皺亂的被褥雖新但顏色汚灰。

「太太跑了自己也不會管自己！」江老師抱怨地，同院子找來掃帚開始默默清掃，莊燕要幫忙却爲之推拒。

早聽說江老師有個離過婚的兒子，因生活放蕩，其妻在女兒生後不久便痛心離去，後來改嫁他人。江含煙的女兒依依如今已四歲，一直和江老師相依爲命。江老師先夫在世時因熱心政治，富裕的家財傾蕩一光，八年前竟在縣議員的競選中車禍身亡。

清好房間，江老師跑出塵飛的屋子對呆立院中的莊燕說：「我去依依的奶媽那裏帶她回家，等一下我再拿乾淨的棉被過來。」

依依眞是個害羞可愛的小女孩，燙捲的覆耳的髮下，眼珠對陌生的莊燕怯怯貶耀着。莊燕試着親近，她膽怯跑回祖母身邊了。

悻悻然回到煥然一新的臥房，身子摔向冷硬的木床，雙眼盯着窗玻璃一隻專心抓捕蚊蠅的壁虎。

離鄉的一切又使他哀矜不安了。窗外的夕暉漸漸散失，風吹凄烈，感覺冷時他抓過皺亂的棉被蓋着，溫暖使他脆弱的情緒頃間如決裂的堤，竟又想起無辜的自己，以及朱顏。

責怨自己，早就該熟知所有的風來風去的。也許錯的唐突的只是自己眞病得深了，忽略潰弱的身子外面，雨亂風狂的天地。「朱顏嫁人了，將爲人母；依依的媽媽改嫁，江含煙墮落沉淪……而我呢？我呢？」

晚餐後，他設法在床上看書，但不久便覺暈痛，決心出外散步。剛開木門，屋旁蕃石榴樹後傳來瘖瘂不清的唱吟與疏落有致的南胡。這樣淒冽的吟唱因被風聲所掩，以致他在陰鬱的房內無法分辨。

他從燈光隱微的路舍緩緩行過，放低脚步唯恐驚擾對方。那是個乾瘦的老人，蹺腿坐在屋簷下方的長凳上。燈光暈黃從門樑上的燈泡傾瀉下來，使其陰影縮成一蠕動膽顫的音符。背後，半掩的門內明亮的日光燈中，有人影走晃。

莊蕪被這畫面所吸引，羨慕老人自得的神態。停駐了脚步，傾聽那兀自飛散的歌吟：

「陽臺夢啊夢陽臺啊，翻身脫殼啊離塵埃啊——」

「從此去啊莫强求啊，暑往寒來啊春復秋啊——」

稍側臉，江老師正站立厨房前觀探，眼露焦切。他正要繼續前行，老人發現了他。

南胡猛然停頓，風聲呼嚎！莊蕪一楞，不知如何回應。

「來坐喔！來坐喔！」

「莊老師！別理他！他是瘋子！」江老師衝到矮籬旁猛猛揮手！

莊蕪一急，想回屋裏又趕忙轉身前行，木屐拐落！老人已丢下南胡拾起身邊的一塊短木擲來！屋內立刻有一中年人衝出要予以制止，但一聲唉呀莊蕪撫着疼痛的腿股踉踉蹌蹌拖着木屐向前方的夜暗跑去！

原先想着去熱鬧的大寮，記起祠廟前的痴女，又怯然後退了。在蕉園前的十字交叉口，他逆風向北面河溝與薯園間的路徑前行。

往前走，河溝與另一支流滙合，便豁然寬廣幽深了。不見任何星月，一層彈指可破的光暈衰弱地貼黏於翻湧的雲空。前方幽幽傳來綣綣的聲籟，傾耳聽，忽而嚶婉如細語，忽而淒厲如千百人擁懷抽搐。莊蕪想着想着三爺村失眠的闇夜，窗外榕樹枝椏的擺顫中，便也隱約夾有這蕭索的哀吟啊！而在此時是如此熟悉鮮明，眞像是哪羣無可依歸的鬼魅結袂飄臨此地隔岸對泣。啊啊！便隱約在前方密叢的竹林裏，望見俯腰穿梭的黑影！啊啊！當莊蕪的眼眸驚慌退回望見脚下夜露裏自己發亮的身影，立刻抓起木屐轉臉哀慘狂奔了！……

溼冷的夜霧，激烈嘯喘的肺在深吸的冷裏痛苦痙攣，漲痛的額酸倦的四肢，風吹葉落，鋪撒一地無助。

老人屋前的燈光已熄，大門深閉，已然露濕的木凳靜伏憇睡。哀吟的南胡像驚悶的夢，溺沉於風與夜暗的猖狂裏了。

莊蕪繞過芒果樹。江老師已閉緊門窗，暗淡的燈暈從腐蝕的門縫鑽出。他在竹籬旁陰黑的厠所謹愼解手，出來時沙啞的木門使籠內的鷄羣驚跳哭啼。

顯然磚屋有人進出過，大門並未關緊。臥房通明的日光燈寂寞探到客廳來。鎖了門。剛跨兩步，一股酸臭逼襲過來。

莊蕪握緊拳頭。臥房裏已是凌亂不堪，木床上仆臥著一個尙未寬衣的男子，左手抓緊床緣，右手低垂；床下，黃昏掃過的地面一攤酒穢吐得滿地。

4

當莊蕪的慈藹天眞逐日獲取孩子們的信任與擁戴，他已能自在站立橐橐響的木板講臺滔然講述。

隔着一層可以活動的木板牆，卽是朱顏帶的五年級班。這推開木板卽可相通的兩間教室有時用於學校或村人集會，已被頑皮的孩子挖出幾個窟洞。莊蕪站立講臺上能清楚望見對方的最後一位女生靠倚椅背的藍色夾克。偶爾朱顏對學生嚴厲斥責，鞋跟在木板講臺與水泥地板敲打，或渾濁或尖銳，莊燕一失神就彷彿被踩躪得楚楚叫痛！

這頹敗的、顏色暗灰的教室裏，貧困的孩子們，寒冬有的還打着赤脚，有的穿家常拖鞋，那瘦黑的脚掌被疤疥與泥土佔據。身體缺乏層次地裹穿各色衣服，或已敗破，或過小或寬鬆，當他在座位間行走，伸手為他們把皺亂的衣領翻好，幾個怯羞的學生在他接近時竟慌張跳離書桌了。莊燕愕然，再次陷入懊悔中而深深疼痛他們的貧困無辜。

倚伏於教室後端面西的窗櫺上，悠然凝望已近正午的陽光。陽光穿過相思樹的枝枒，柔細披陳於剛剛馳過的，一輛載運磚石的卡車所粗暴掀翻的砂塵。

彎折的碎石路，從村頭延伸到學校辦公室側旁，又成兩臂。其右從兩座矮丘間向前俯伸而下；其左越經莊燕眼前的垃圾坑，又向西折，經鷄園通向磚窰與墳丘。學校水塔和六年級教室單獨座立南端，與其餘教室構成直角，適好是瘦長操場的兩列邊界，隔開了外邊的紛亂。但仍無法抵擋磚窰的濃烟，更是長期受蒼蠅和糞臭侵擾。

莊燕每每難堪辦公室的窒悶與無時無刻的掙困，從第一節剛上課他就要班長幫忙去把藤椅搬來教室角落，再把講桌抬下。下課時與蜂湧過來的孩子們談笑，中午時就和幾個留校的一起用餐、午睡。他的便當每天由江老師幫他準備。

開始也不怎麼留意到，後來那個留短辮子的，唯一戴眼鏡的小女生，怎麼愈看愈是像極了記憶裏的朱顏。是啊！伊淺淺的笑意，溫存却也閃現冷傲，甚至那黑邊眼鏡。嬉鬧時會跟在同學背後笑着，倒是午餐時却遠遠躲到教室邊排後端，臉側向牆壁不語了。莊蕪端詳伊，整潔而富教養。一直努力要接近每個孩子，當莊蕪問知羞怯的她名叫簡淳淳，他喚她，用顫抖的、溫和的語音。

但伊只訝訝轉眼，臉未因此離開。他再叫她：「怎麼不理老師呢？淳淳，這樣是不禮貌的。」

她終於抬頭徵詢他的神情，又迅速低垂着頰。眞是可愛清秀的孩子啊！楚楚感人的單純與稚情，使莊蕪腦海鮮明閃浮起五年前的社團研習會裏，驚然瞥見朱顏的情景。

「老師，淳淳沒有爸爸，她膽子很小。」一位女生善意地說。

他向開口的女生嚴厲使了一個眼色，向更受窘的簡淳淳說：「老師和同學都這麼好，不要怕嘛。」孩子們高與笑起，她也稍稍抬高臉，笑了。

莊蕪滿懷歡喜問前頭的班長：「淳淳是不是很像朱老師啊？」

「不像，朱老師好胖！」班長立刻疾聲喊，笑虐地。

「別亂說別亂說！」莊蕪感覺羞窘。他本無意藉天眞的學生們諷責朱顏。但她冷硬的身態此時就像從辦公室跳到日曝砂飛的操場指罵他的不該，他悲惘纏扼的憶念！莊蕪俯首謙認不復言語，讓所有風的呼吼與飯食呑沒腹中。

畢竟該吞沒的早就該勇敢吞沒。失去音訊三年餘的朱顏已在年前嫁給一位教師，現在，她是完全走離她所有的憶念與等待，與他訣離了！他仍年少懷憂，而伊却是個冷靜、有取捨的少婦了。

簡淳淳仍伏靠牆壁角落，兩隻髮辮靜靜垂依頰側。

痛然蓋起便當，用力過猛驚起孩子們抬臉觀望。「那麼，朱顏呢？那個迷人的小朱顏呢？」他讓俯伏桌面的臉推向手肘，可靠的暗陰，任濕熱的淚繞沿鼻樑，靜靜凝結，然後滴落。

事情到了這般地步，也無顏去守候任何可能的變故來解救這重逢的楚痛吧！他確記年少的哀傷，愛極夜晚不忍去睡，就一頁頁掀開往事，每一章，都是慘淋淋的血肉在哆嗦多寒的闇夜中翻颺。屋外的軌道偶爾有火車馳掠，風吹樹搖，時而幾聲淒厲的狗嚎像幽冷的傳說，像一羣身披白衫的野鬼孤魂，在暗昧的窗外窺探他的寂寞他的不堪。

那是五年前寒假的初逢，在家專舉行的三天社團負責人研習會，有全市七十餘名被選派的學生代表參加。朱顏是莊燕第一眼就留意到的女子，他無法清楚追究當時的多冷給年少的他如何心情，竟使他無可抵擋地要去端望她，清麗傲然的微笑，嬌弱的小眼鏡，似有似無的酒渦。或許自己在成長中，第一次感到離家的憂喜，正幽冷暗示不可避諱的命運，使事物在眼前顯得敏銳激情。

當時有幾個看來高大瀟洒的男學員藉機接近朱顏，却被她的驕冷漠然弄得自生尷尬。莊燕在一旁冷靜留意，只和身邊初識的友人作些無謂的交談閒笑。他愛在夜晚活動停止準備就寢的一段時間從宿舍出來散步，縮着凍寒的身軀迎向淺藍的水銀燈，那凶狠瞪視他的蒼白光芒每每令他驚惶欲哭。月明星稀，走過草坪，他隨口細細哼唱到死寂的操場踱逛一圈。回到宿舍後他設法寫點日記，但哆嗦的手因凍寒無法握筆。他坐在床頭望向對面的女生宿舍，開始無端想念起那神秘動人的朱顏了。

離別前夕的營火晚會於操場正中舉行，燈火皆滅，月亮與幾枚蒼白星光在天際裏欲隱欲現。大家靜坐椅上。莊蕪和身邊的學員把從宿舍帶出的毯子裹緊仍不勝風冷。突然，一朵火炬從校舍高樓順沿鉛線，殞星般急切崩落人羣正中的柴堆上！歡呼聲起營火燃燒，莊蕪隨聲也興奮高唱着，營火燒着營火燒着快快來快快來！……

煙火順北風吹得他雙眼直直淚流，他一邊隨人唱跳一邊忙於揉拭並偷偷觀望朱顏。有一支交換舞伴的土風舞，營火閃晃身影滾騰，朱顏一步步接近了，他屏息等待。却是，在旋轉後他應該與她交臂的時候，朱顏却藉着紛亂兀自作了彎曲的姿勢閃避過去！在莊蕪驚愕的同時，另一位女生的手臂已彎曲過來，但莊蕪也同樣閃開讓對方羞愧愕然。

莊蕪不愛在陌生場合讓人留意他的存在，漠然端坐，雖隨口同唱但眼瞳兀自躍過營火躍過朱顏在闇夜冷寂的遠地靜靜凝結、墜落。煙直撲過來，薰痛他流淚的眼，當最後一個唱離歌的節目裏，與每一學員握手輪到朱顏細白的手時，他疼痛的眼有如哀哭，已無法仔細端詳眼前她的微笑。

隔天離別前，學員們相互交換地址，他毅然請朱顏簽名。

回家後他寫信給她，略略訴說他的冷暖蒼茫。她的回信使他興奮地在寒夜的軌道上呼喊狂奔！朱顏娟秀的形像，像細瘦身影，在背後與他追逐，到三爺溪時他因激烈而喘息，星月隨着呼息於額前的天空及水面上跳躍舞蹈。……

他的哽咽因驚覺門口吹入的風寒而停住。

偷偷揩拭眼睛，裝着惺忪移開手肘。臉抬起，教室外陽光竟亮得眉睫的濡濕瑩然閃熠！學生們以爲吵醒老師，紛紛俯伏桌上裝着熟睡，却又偷偷張眼，驚愕於他哀痛冷颯的神情。

5

黃昏時辭別快樂的孩子們，在公路旁的站牌候車發現一顆小頭顱躲在對街的茅堆後窺探，纖細的髮辮垂在臉側，他看到了眼鏡，那是簡淳淳。

莊燕感受一股深深的甜蜜。簡淳淳已從原先的怯羞逐漸活潑起來，甚至也學着同學從他背後偷偷掀起袋裏的手帕。現在，他假想自己已不再被任何聯想牽扯，就逗弄伊般往旁一跳，她還來不及閃躲，莊燕已出聲喊：「淳淳，老師看到囉！」

伊扶着眼鏡甩起辮子一溜煙跑了。

「伊長大後像不像朱顏呢?或者說，童年的朱顏就是這般可愛迷人的?」望着漸紅的夕日，惆悵地。

車子到大寮時，只有莊蕪一人下車。

日子愈短離情漸起，對路兩旁的田野也更覺眷戀了。他細心端詳荚荳田裏，夕日於青綠斑黃間雜的葉瓣上的繁富暗喻。

但不論如何眷戀的仍舊是要成爲過去吧!只有回憶的傷情支撑一切過程的意義，也所以引誘他，去作一種等待。但他已然不知等待何人何物?生命中最深切愛戀的人終也會在無意間逝去的，何況景物呢，總是自己主動離棄的。他原以爲自己會在三爺村長待一段時日，却又突然離家半月至今未曾回覆任何音訊。明天代課結束後，家，又是如何一個景況?不知老榕樹是否又枯了一地?是否又突然在某一天踩着落葉趕着早車飛奔向未知的遠方?

路轉角處的痴女每天仍是楞楞望他，然後跟隨身後幾步。每天想：熟悉後，就不該再這樣好奇了，或者，也該對他禮貌一笑吧!莊蕪遠遠便對屋子留意。在夕日中顯出異樣的美。木麻黃一株株退後，他看到那短小的痴女了，她正向着路這頭探望。

——難道知道我回來遲了?她在我身上發現了什麼?或者，向我暗示她也有一份苦楚，一份折磨?

莊燕提起膽量。醒覺在她面前顯現怯懦非但可笑，也是缺乏莊重，「妳是値得尊敬的，」莊燕的臉頰被風抓出冷汗，「我可以向妳致歉，可是，我做錯什麼了嗎？……」心一横，就對隨即側身準備跟來的痴女點頭，並禮貌地微笑。

伊竟爲之所驚，害怕地往後退了！

莊燕呆楞，站住脚步，反省自己是否矯情，是否不够恭敬？……他該如何？他和她靜立對望，不知該否無視一切離去？

「啊！——」誰往肩拍！心口被震得幾乎裂開！

慌張轉臉，是江含煙。

「儍看什麼啊？連我停到身邊也不知道。」江合煙示意他坐到機車後座。

第一次在天黑前和江含煙相處，頗感興奮，問：「今天回來這麼早，有事？」

江含煙稍有遲疑，點頭。

在經過已成暗蔭的蕉園時，泥沙蓬鬆，江含煙減緩車速。突然開口，音聲細瘦，像是對襲逼的黑說話：「我約我的前妻今晚回來，想跟她談談，有些事，該解決的，最好徹底解決。」

「喔。」

「她已經改嫁。」江含煙猛然加油，車子在沙路上蛇行，「伊該不是無情吧！或許是我害了她。我母親一直說我無血無淚，是頑冥無情的。哈哈。男人心海樣深，說給誰聽啊！……後悔是沒用的，我也很可笑，竟然想要問伊誰的感情重，是伊絕情還是我？……伊改嫁了，誰切得狠誰就作英雄了！」

機車剛轉入院子，江老師從厨房匆忙迎來，「余玲已經來了，去奶媽那裏找依依。」雙手在圍巾上搓揉，看着兒子，說：「我看伊，肚子有孩子了。」

江含煙只顧着要把不聽使喚的車子停好，咒罵着，脚墊在水泥地弄出刺耳的響聲。抓下手套拋入機車袋，表情灰白得像剛被冰凍過，走向燈光通明的大廳。回頭喊住莊燕：

「莊老師，拜託幫我買包菸好嗎？」

莊燕向村南端的小店慢跑，暮色此時沉落，剛亮起的燈火顯得害羞清柔。只是清柔的燈火裏誰溫暖誰仍被屋外的夜暗所驚恐？但這不是他這時日裏所該思索的主題。他自知必須走過夜暗走過燈火去闌珊處了斷他的愛恨。那麼江含煙畢竟比自己幸運，因爲他曾實在地愛過、悔恨過。莊燕是更孤單無助的，一切的事件從自身閃現、發芽、然後腐敗。他去尋找掉落的果子而事實上却是不曾開過花。朱顏，就像兀自來去的月色。而莊燕爲伊祝誦並且哀嘆，這一切唯有蕭蕭瑟瑟的北風能知道。

莊燕回到江家。自身逼繞着苦楚，竟使他對江含煙的掙困有了可怕的竊喜了。

「好！好！妳的話都對！但我向妳說，我從沒說過半句怨恨，我只是好奇，想知道依依在妳心中還有幾分重？我錯我惡毒，好，但依依無辜啊！總是妳懷胎十月逼出來的啊！……。」

趁着靜默，莊燕飛快閃進屋子，把菸放在近門邊的椅上又趕忙退出。他看見依依摟着一個大洋娃娃，畏縮地緊靠在一位穿着端莊的少婦身側。

「好啦！早就一刀兩斷啦！算是依依的娘死去啦！……但是我說，我今天要妳回來就是要讓依依知道她到底還有沒有媽媽！——依依，聽到嗎？妳的媽媽早就死了，以後不要再吵再哭懂嗎？妳有爸爸，別哭！別作孝女人家會笑！知道不！……」

莊燕靜立陰暗的棗樹下，茫亂壓着沙啞的觱篥。水滴先是淚一般低緩落下，未幾，像崩潰的河堤，轟湧呼嚎，兩隻腿褲濺得全濕。

他明白，他之對於江含煙，是只能同情的。

那眞是被預藏的恨火嗎？自闇夜的天空猝不及防地傾殞奔墜！——回想着家專的營火晚會，火團順沿鉛線從高樓彼端衝下，那是天意，要燃燒的篝火照出幽明閃現的命運；要成爲灰燼的仍孤苦去冷風中漂流；要爊疼的使他無辜落淚的眼，羞澀去窺探朱顏瞳中的他的悲愴！

無力再去分辨屋裏江含煙斷續如鳩嚎的陳述。不知該敬佩他的勇敢或恥笑他的儒弱？謹愼攀抓帶刺的棗樹跳過顫危危的短牆。每天夜晚在簷下吟唱的老人還不見影踪。他又往河溝行去。

夜暗似乎巳成爲心中神秘的引力，要他去淸楚端看藏埋的自己。他常在燈光與黑暗中徘徊猶疑，而在對星月的盼望中掙困求救。

暗青幽冷的竹叢淒惻嗚顫，亂髮般向天空抓攀擺晃；河流却寂靜如屍身，攤躺它的無憂。莊蕪終於在竹林的交鳴中怯步，但又努力拒絕畏退。燈光與夜暗皆以一股冷痛逼迫他摧折他；但星月旣沉，雲床慘黑。

——破滅後的江含煙如何收理殘局？依依永遠是所有舊事的鮮明醒示啊！

——我呢？明天的掙鬪，向誰昭告？

莊蕪決心要在這第二次的散步通過這叢暗竹。鄰村燈火在河彼端熠耀，溫暖而崇高的招喚。

莊蕪從抖跳的黑裏屏息前進，所有鬼魅已溺沉水中不見。只是，當他的勇氣剛受風聲讚嘆，他在澀苦的微笑間分辨一隻靜靜垂掛的腫脹的貓屍，腐臭像險毒的網罟向他吸攫！頭額暈痛身子在顛仆裏絞縮又猛然鬆裂！……啊！心一酸淚一嗆他已轉臉往回奔跑！

6

時間眞這樣流逝了，一根弦般已被拉得死緊，就將鏘鐺碎斷。

這樣的守候，莊蕪是能清楚理知無謂的驚惶畢竟無益。他如何來又將如何離去，這是危厄的充滿幽默的擺渡，何苦測度結局？只能任情去苦撐暈沉的頭殼與倦弱的身子。——這無可呻吟的鬱痛逼使他陷入慘悽的痙攣。

學生們與他更形深厚的情誼隨着歡笑逐日冷凝風中，他動情於他們的眞摯。彼此被日顯一日的離情所心怯，常在嬉鬧時，孩子們突然難過地抿緊了嘴，有時他自己，就想擁抱他們一哭。而北風像淒美的歌，日夜吹誦着、哀嘆着。

學校師生們好奇探問他們班上氣氛的濃郁，表情顯露着驚疑與羨慕。

離棄此地曾是焦切思慮的，今天果眞成爲險峻的渡口。他藉孩子們的歡笑在閃避什麼呢？每當朱顏腫脹的身子經過行廊，他在她的漠然裏感覺被羞辱指控！而聲音便從木板牆的窟洞鑽入，與他抖顫的喉碰撞驚走！他儘量放低聲音上課，但如此就須痛楚地容忍對方的逼戮了。——而一切就將過去，太陽已從東面的丘林射下，不久亦將自西面的墳丘落地死亡。到了明天，啊明天究竟將被定下如何的結論呢？

升完旗後，已搖過上課鈴了，班上幾個學生却仍逗留在教室外的垃圾坑翻弄紙屑，且爲燃昇不絕的火煙興奮叫鬧。煙飄過矮柵，順着風往五年級教室飛。

莊燕本無意責罵他們，到後邊窗口示意他們快快進來。當他探出頭，眼一閃，朱顏正在隔鄰的窗邊嚴厲打着手勢！由於她知道那羣孩子是他班上的，故噤聲不予責罵，但心虛的她急於縮身却已不及，就猛猛和莊燕和善的臉容踉蹌碰撞了！

莊燕更是心頭一蔽！傻楞看着對方。終於，他順着原先的心情向她一笑。顯得冷靜而富教養。以致於，朱顏像頹敗的鳥低垂着燒燙的頰。

這是莊燕所料想不到的。猛然間醒悟出這十五天來的僵持，此刻竟輕易獲取解脫，適所以彌救了初逢的那份潰敗。

他忍不住興奮，立刻失聲對着垃圾坑上的學生們大喊：「站住！不要動！等火熄了煙滅了才進來！」

才說完，中彈般的裂痛抓攫全身筋肉，身子一個暈轉整個人撞向木板隔牆！碰！——眼睛從相思林的朝陽陷入昏暗，雙手如折敗的蕨草抓貼岩壁，……「天哪！可恥啊可恥！這輕薄的光榮！眞眞可恥！竟誇張了自己的脆弱啊！」

就這樣靠着冷硬的木板牆，宛若背後就是朱顏曾經溫暖害羞的身子。是的，朱顏，已然成爲生命中難以割捨也是不甘割捨的肢體了！而現在，這一切只殘存於三爺村的家居吧！他應如何從此地拔身以當初的完整回去推開那緊閉的朱門？

他從門裏走出。天冷，他進去披了一件衣服。

他在榕樹下的葉蔭裏靜望母親佝僂的身子走向碎花陽光的另一扇朱門，消失。而煙繚繞他飄飛的眼。

難以忍受自己的倦怠，好像生命已然靜躺。而料峭的北風又把剛剛掃聚成堆的枯葉吹散四地。莊燕蹲身，一陣暈旋使整個上身差點摔向火堆。他一手扶地，一手堆攬散地的枯葉，擲入火中。這使他讚嘆冬天的暖和了。

火再被撲熄，煙又往眼睛薰得他淚流！惱怒起來了！「恥辱！」莊蕪忍受着暈沉震跳的額，站直身子。「該落的註定要落！該焚的也必須被焚！毀滅吧！讓一切毀滅吧！」拂開耳邊的髮，「唉，恥辱，這一切都讓風恣意來折磨！抵抗得了嗎？……」

孩子們被靜默所不安，紛紛轉臉望着木立的莊蕪。班長忍受不住，跑來身邊，吱唔地：「老師，簡淳淳在哭了。」

「噢！」莊蕪頓然醒來，記起窗外的孩子們。果眞望着飛煙的簡淳淳，細小的肩胛抽搐着，髮辮輕輕臨風拍打。

「回來吧！」

孩子們繞過五年級與六年級轉角間的空廊回教室。留下委屈的簡淳淳，雙手在眼鏡下端揉拭。輕輕抬開脚步，輕輕展翅的善良的鳥，楚楚動人。

莊蕪戒愼地又探出窗口。兀自飛騰的煙仍隨着陽光彎入朱顏教室，窗玻璃上閃動着朦朧的樹影。寂靜，聽不見朱顏的脚步。寂靜的相思林，寂靜的墳丘，磚窰的大煙囱對着天空張開寂寞的口。

7

第四節美術課由另一位老師擔任，莊蕪留在辦公室，身子綣伏寬大的籐椅裏，暈沉的額貼在桌上冰涼的墊玻璃上。

巳上課少頃，喧鬧轉爲斷續的朗讀聲。

北風撲入大衣裏，從腋頰涼了起來。他隱約墜入淵深的夢中，屏息面對一次死命的對戰！……

……

四面的山頭簇湧着敵人的與自己的擁護者，等着看他被刺殺、凌辱。除了風吹草掩人人屏息凝視。他看見母親巳淚流滿襟暈躺於衆人的脚邊。

幽幽然，遠方漸漸淸晰傳來哀沉的悼亡偈，是熟悉的瘋老人瘖瘂的南胡：

「陽臺夢啊夢陽臺啊，翻身脫殼啊離塵埃啊——」

眼一閃身一縮，才警覺自己何時竟巳癱仆敗亡，血流濺濕一地：

「從此去啊莫强求啊，暑往寒來啊春復秋啊——」

「不公平！不公平！」他要掙扎站起向哀嘆的友人與噓聲狂笑的對手爭論，「他用了魔力逼我對抗，現在又趁我還未提防就下了手，不公平！……」雙眼睜開讓血沿頰流下，身子就要翻轉作死命一拼，却是，「唉呀！」對手回身一踢他悲聲慘叫，痛苦地呻吟感嘆這陰狠的塵世，身子將向不見終極的山崖滾落但在轉滾的瞬間他淒愴作最後一聲哀哭：「竟是妳啊朱顏妳——」

風澆來冷汗閃跳，莊蕪驚醒！「朱顏！」已失聲喊出不及轉救。靜靜在左前方伊書桌前批改作業的朱顏已困難地扭轉肥胖的身子望來。

天哪天哪！悔懊得眞要哭了。如果眞墜落山崖反而更順當無怨。倒是朱顏同情他呆愕的模樣，手中尖亮的紅筆安穩放下，說：「眞冷，這節你沒課？」

口一張就冒出一團霧氣，也搓起手來，「好精彩的惡夢，惡夢。」

「喔——」朱顏推推眼鏡，笑了：「稍稍一閉眼，就來去自如了？」

莊蕪莫名羞怒了，「對啊對啊！」好像夢裏血泊中走出般脹紅着臉：「該來的不論如何總會來的，要去的怎麼留也留不住！就到今天爲止，半個月，朱老師，就是這樣半個月。」他怨恨一切的不公平。想起年少的戀情他是勇敢盡心的。朱顏個性上的某些尖銳所對他造成的刺傷他盡力去吞忍，且一直迷信情柔將如眞理能使任何頑冥予以啓示及扭變，他說：竹子也有開花的一天。

但在一次誤會爭吵後，朱顏宣告與他分離，他銜着悲痛把伊一年半來所寫給他的近百封信編號捆好，細心收藏於精緻的紙盒內。「這是少年的一切了，唉，被切割於她情緒的怯却與無知。眞感嘆，她應是靈秀善良的啊！」

但三年半過去，這哀楚但芳醇的記憶在重逢裏却被絕情推翻了。莊蕪苦心要重新翻正並永遠擺供，可是，這眼前的朱顏，夢中可怕的殘敗，就是可怕的藏伏的獸啊！

——決戰！決戰！朱顏妳不要得意，請不要學習淺薄學習强妄，請妳自省什麼是謙誠什麼是眞理！朱顏，請求妳！請妳心甘情願地認敗好嗎？……

腦神經衰弱使額頭陷入萬馬奔騰中！終於，身子像敗死的衣袖，飄落在桌玻璃的冰冷。

於是朱顏轉回臉，拾起滾落的紅筆，嚴厲而公正地批改桌上的簿册了，且偶爾露出滿足的笑。

8

下午，莊蕪率領學生們向學校背後叢生着蔓草與相思林的土丘走去。路在此地分歧，一向左方經鷄園磚窰通往墳丘，這是他平常散步而愈加感覺孤獨窒悶的景色；而右邊夾於兩丘間的下坡路他一直蓄意保留，成爲心中的神秘地帶。他知道，不能讓這荒瘠的村落赤裸與他的窘困對應，彼此當保持一份漠然來偎依共處。

黃昏後他將與這一切浮沉過幽微過的永久割絕，前幾日他答應孩子們在分別前共同到此嬉戲笑鬧，此時，他靜靜端看兩邊被砂土緊裹着的萎瘦的綠，露出了感激的神色。男生女生們皆喜悅地圍繞他的身邊且拉着他的雙手和每個衣角，低喚着老師啊老師，爲什麼要離去什麼時候能再回來與我們相會？莊蕪幾欲心碎。

陽光使他不安，顯得舒朗害羞如一哀怨女子。許是北風的陰冷決絕，吹得砂塵在陽光裏像飄散的布綢；莊蕪任髮拍打頸項。

下坡路，孩子們推擁着他，唱着「妹妹揹着洋娃娃走到花園來看花」，大家快樂邊跑邊跳。「娃兒哭着叫媽媽樹上小鳥笑哈哈」。莊蕪憂鬱微笑，甜蜜端詳每個可愛嬌小的面龐。

左旁一面嶙峋孤傲的坡壁，被挖掘過的痕跡硬凝如雕塑的肌紋，上方的草蔓矮樹，蒼綠嬌柔於陽光裏像繽紛的桂冠。下方平坦，綿延向收割後的稻田，與拱圍成弧圈的墳丘相連。

「以前兩個人在這山壁下挖土，砂土崩落，一人死去一人重傷至今還沒法起身，後來就沒人來挖了。」

簡淳淳慌忙靠向他的右側，困難地伸手要去抓他的手腕，眼鏡差點被擠落。莊蕪對她頑皮微笑。

「以前下課後我們都在這裏玩到天黑，現在經過這裏都好怕好怕。」

「聽說上面有個大鳥巢，可是沒人敢上去。」

「有次下雨天回家，我聽見哭聲。」

莊蕪停住，「我們就在這裏玩，好嗎？」

「不要！老師不要！」簡淳淳慌張喊了。

「老師在，什麼也不用怕的。」

莊燕把人數和帶來的鷄蛋地瓜分成六組。男女生開始忙着撿拾泥塊乾柴。土窰逐漸在喧鬧中堆起。

簡淳淳走來偷偷打了他一下，把背後口袋的手帕掠走。他故作受驚急遽轉身，孩子們哈哈嬉鬧，幾個女生相偕擁來向他偷襲。

「淳淳，妳欠老師一下！」但簡淳淳已迅速奔來趁其不防又拍了一下，「好，兩下了！將來老師碰到妳要還我喔！」

簡淳淳躲到同學背後扮鬼臉，用辮子遮眼鏡，哈哈地笑：「老師，你來幫我們女生升火我手帕才還你，好不好嘛老師！」女生們齊聲呼應，男生們叫噓不要臉不要臉。

「老師怕烟薰痛眼睛，會像愛哭的孩子流淚，」他走過去蹲在窰前，女生們爭相遞柴木給他，「眼睛流淚就看不清可愛的你們了。」

風吹來，他的被薰痛的眼辛辣地濡濕了。

風雖狂猛但泥塊也逐漸薰黑然後轉紅。孩子們在陽光下的臉露出可愛的酡紅。莊燕被更加偏西的夕陽逼向一種孤獨。在美的面前已是如此脆弱無力難以避免感嘆。這苦楚無告的將永遠成爲折磨，逼他向更暗黑的山谷沉沒，將無人能救援。

當簡淳淳嘟着嘴把摺好的手帕雙手恭敬遞還他，他猶疑而微有驚恐了，「……朱顏，這才是可愛天眞的妳呢！」所有的歌聲鳥鳴向他廻繞，但頃刻飛散不見。

令他悲憤。「啊莊燕！振作！不要認敗啊！」

他溫存地對簡淳淳微笑，拉她的髮辮，「朱顏，五年前的如果在五年後仍該信守，就讓憂傷受害的莊燕替妳守節吧！」

在土窖上端挑出小洞，放入地瓜；再將燒紅的土塊推覆擊碎，以砂土舖埋上方。形狀有如沉默守候的墳墓。

莊燕向孩子們探問，一直悶坐坡壁下方的班長和幾位女生是否不愉快？回答道：「他們說老師就要離開了沒有心情玩。」

他走去，慈祥拉勸他們過來，並且輕鬆逗笑，功課第一名的張姓女生濕紅着眼避向更遠處。

他與孩子們分食薰香的地瓜鷄蛋，和一些糖果，並且嬉鬧遊戲。

終於，夕日凝結，照落凹凸斑剝的墳丘，使之如散撒的玉石閃亮光芒。北風愈形冷峻，散簇墳墓周圍的蘆叢隨之擺幌。頭上方的丘壁，風聲有如亂絃，衰草與塵土紛紛傾落。

——太陽將沉，這是今天必須自省與爭抗的結論。

夕日墜落墳丘背後，如餘溫的火焰吐露微光，他催促孩子們速速歸去。離情多麼像風的流動來去飄渺使他忽冷忽熱，而感覺難堪了。熟背每一張天眞的臉，憂慮會無力來承擔。當望向嶙峋幽暗的丘壁，恐懼而又竊竊期望它突然塌崩覆埋這一切，而完整給予世人神秘幽明的懷想。

幾個學生如何也不願意從他身邊離去，堅持陪他一齊離此，有的回到半途又偷偷折返跑來，這三個女生四個男生擁繞四週，莊蕪伸長手臂抱護着他們。「大地的孩子，」他向她們吟唸深奧的句子：「我向妳們學習聖潔學習永恒，我甘願成爲謙忍多憂的母親，投擲生命全部的滿足而無哀無怨。」並且甜蜜地微笑，讚嘆。孩子們崇敬傾聽。

勇氣從懸念中漸漸昇起，現在孩子們更給予他可靠的依藉，偉大的沒有罣礙的意志引導他堅毅站起，孩子們隨即跟着挺立風中。

「我帶妳們去找鳥巢！」

有的驚怕有的振奮，但無人願意反對，就拉着他的身子怯怯跟隨。

「有個夜晚老師獨自攀爬到一座山巔上的佛寺，剛下過雨不久，兩千級的青石板階既濕滑又幽冷，滿身大汗心中直發抖，腿酸痛不堪但仍吃力苦撐！山很陡很高比這小丘大十倍，貓頭鷹咕咕哀叫，山葳與高大的樹木在風吹來時滴落冰凉的水珠，並且不停幌擺，好可怕好可怕啊！眞像人的脚步啊！好幾次我驚慌回頭而在石階上滑倒險些滾落山崖！……」

夕陽最後的一抹微光在他們抵達丘壁上方時整個散失，蒼暗陰冷的夜空披以暗昧的黑影，每個人屏息呼吸留神拂身的相思樹與草蔓蒺藜。莊蕪抬臉探索月光，却被紛錯的枝椏擋回。

他們向壁崖上端的草叢矮樹探進。屏息等候一次歡呼，並且顫慄抗拒逼擁的夜昧的壓擊！

啪！啪！啪！——一羣斑鳩慌亂驚飛撞入冷颯的夜空。

人羣慘聲哀叫往後畏退撞上樹幹草蔓倒仆成一團。

「好可惜，全飛走了！」驚恐的呼聲使他們振奮。

莊燕再趨身前探，果眞有幾個以細枝仔細擺築的窩巢，還有餘溫。

「我們越過這相思林，從學校那邊下去吧！」

在看見灰暗斜伸的碎石路後邊的一排教室，先刺入眼的是細碎如魚鱗，整齊羅列的蒼白幽冷的玻璃窗。

莊燕凝神探索天空，仍不能從微靑的飛雲裏搜見星月。枝椏上端隨風呼擺，而站立的他們除了黑暗已不能感應風的蕭瑟。一種寂靜在此蹲伏，正與丘外的冷默然對抗。

當莊燕突然開口說話，孩子們被驚得一顫。

「那是五年級的教室吧！」他伸長暈白靑黑的手，指着發亮的窗。

紛紛點頭。身子擠得緊使莊燕被推開一步。

「五年級的朱老師，她那麼凶，班上的規矩那樣壞！」他冷漠堅昂閉緊眼，黑暗的腦中閃現紅衫，發亮的，玻璃般的眼鏡。虛僞啊虛僞，這人世的際遇嬗變！他哀嘆着，就開口說：「我們四年級不能認輸，要勝過他們，懂嗎？」

讓一切痛苦沉凝的從此爆放吧！整個下午他冷漠注視自己純粹的歡喜與離情，現在夜晚全然降臨，一切浮沉的即將歸屬於記憶。這也是無意中的結果，他本不想使孩子們成爲他忠實眞誠的子民，一齊向眞理伏拜的。唉，這是他的報復，怯懦但却實在的報復！誰甘願被命運指說爲無可爭執的落敗者呢？他是不得不選擇狠毒而實際上是最最謙誠的抗議的！是的，勝利！這將引導他走向勝利走向永恒的，這週圍的夜暗與寂靜，使他心碎欲哭了。

拂開身邊緊抓的小手，他喊：「把朱老師班上的玻璃打破！」

「老師！」一直發抖剛平息過來的簡淳淳却慌張開口了：「不要啦！我們會挨打而且要賠錢，我們以前的羅老師說……」話未說完，誰知激憤的莊燕已像殘酷的鬼魔一掌向她嬌弱的頰揮打過去！啪！眼鏡掉落！孩子們驚駭後退，簡淳淳先是一楞瞬間失聲哭嚎，又急忙哽咽停住。莊燕慌亂矛眉，替她撿起眼鏡，深呼吸，立刻拾起石塊往發亮的窗戶死命丟擲：「丟啊！你們一起丟啊！——」

幾個頑皮的孩子笑鬧着也跟着丟，斷續聽見下方玻璃的清亮碎破！

「勝利！哈哈朱顏！妳應該來觀賞讚嘆啊！」他狠力擲。四年級後邊的窗也被擊落一地，露出一疤疤的黑暗。

身上已是一身汗熱。

他停住，眼眸在恢復的寂靜中閃着寒光，凝神背後簇擁呆立的幾個孩子。簡淳淳嚇得又失聲哭，冷硬的小眼鏡熠熠發亮。

喘息的莊燕呼吸激烈，頓覺那鏡片後眼神的嚴酷虛假，一急，已無可阻止地咬緊牙根奔跳過去，掌如飛擲的石頭擊落那閃亮的鏡片：「變了！這麼快就變了啊！」美麗純潔的都是不可靠嗎？「天哪！淳淳！連妳也要陷害老師嗎？妳究竟屬於那個世界啊？」

「我們下去！」莊蕪叫喊，推拉着其餘的孩子們！

簡淳淳撲身摸索眼鏡凄厲叫嚎！他本要轉折阻止回頭幫伊的孩子，但當他看見簡淳淳在相思樹間滾翻無依哀慘哭叫，淚一閃整個人撞跌倒地！不顧孩子們的慌亂他立刻向碎石路俯衝而下！……不敢望向垃圾坑旁碎散滿地的玻璃碎片與教室裏一框框的黑！他哭咽着，身子痛苦抽抖，仆仆跌跌往村的燈光死命奔逃！孩子們在後邊的暗叢裏，哭喊老師回來啊老師回來啊但被喘嘯的胸與北風整個掩蓋。

9

莊蕪通過燈火幽隱的村道，路上雜陳的石塊在夜暗裏像羅列歡送的頭顱，他心虛那是誰埋伏陷害他要他在最後的顧盼裏死命潰亡！

一回首，村路上方土丘的陰暗只露出疏亂的樹叢，就感覺雙脚正踏在一隻陰狠的巨獸背脊，逃！逃！隱微聽見遠處孩子們驚懼的哭嚎與咆哮！莊蕪形色驚慌又不得不故作鎮定與兩旁顧視的村人和學生領首示意。

「老師再見！」

「再見！」

一切從此離訣。如果這是過份的犧牲亦無憾恨。他又強調了：「絕不容許生命在尷尬中被無辜毀損拉扯，要死要生既是命運，我甘願孤絕成最純粹的肢體伏首跪懺！」

終於通過水泥橋，靜滯的積流仍與來時一樣汚濁醜陋。然後是那片蒙着厚厚砂土的鳳梨田、歪曲敗壞的草茅。前面的柏油馬路穿梭的車燈像凱奏的焰火，引導他靜定呼吸、端莊前進。

紛亂暈旋無法思索自省這半個月在新厝村的所有得失。這一切就留給三爺村的家居完成吧！路旁的麵店冷清如往昔，燈光舖攤了半邊路。

他搭上迎面衝來的班車。在車上疲倦打睏。他果眞欣喜自在地又懷想着五年前如何驚見朱顏，如何在夜裏寫信給她，與她在三爺村的村道靜靜漫步、釣魚。

幾乎錯過了大寮站。

下了車來，冬風凉暢，「回家了！回家了！」

疲倦之後就有一股振奮吧！好像遠方的燈火是可靠溫厚的終點，可以舒息。

當快到達路轉角的樓房，小祠廟已在對面發出寒光，隱約的「有求必應」向他招擺。

心房突地一拍，猛然醒知，這大寮江老師的家居畢竟只是一個象徵一個浪盪的中途啊！搖首嘆息不復吟哦。這是熟悉的情境，每次他在不安的兩岸間踟躕徘徊，常因心力脆弱幾要崩傾。那許是已然過份的孤獨無助，而莽茫於渺幻的歸途。漂泊，像江流之奔瀉，他哀嘆自己何時可以了然切斷，可以有溫存撩慰的生命的故鄉，有小小的宅居、可愛天眞的髮妻。

家竟眞的那麼遠那麼遠。額暈沉，身子酸痛困倦。

凝視瀉到路中的蒼白燈光，痴女短小無神的形影便像隱約的冷澆穿過來。他畢竟無法抵擋那微啓欲訴的嘴，和那無可測度的，淡漠無神而又透露關切的眼瞳。他懷疑，自己今天一切苦爭力鬪的，將在她的追逼下被狠狠揭發、裁決！

——可是，天哪！我不是勝利了嗎？一切年少擁有過的悲哀與美好，不是已重新從這夜路開始，莢荳葉般在土地裏曳舞歡唱嗎？

莊燕走到店門前，意外的，除了那熟悉的短凳，門口沒有固定靜立的痴女。鬆了口氣，屋內似乎有人影走動但不敢去瞥望，雙眼直直向祠廟翻拍的「有求必應」挺進。

已經通過這透出蒼白燈光的樓房，重新回到夜涼裏，可是右後方突然有碰碰奔跑的脚步從店內追來！莊燕癱軟幾竟暈厥。當他害怕地轉身痴女已站立肩後張口喘氣！

他幾乎要哭泣請求她收回兀自鬆開的嘴，傻然逼望的眼！請她饒恕他的脆弱無辜！

而伊竟輕輕對他一笑！轉身跑回屋中。

啊哈啊哈！莊燕在窄小的路上狂奔了！啊哈啊哈！……她是先知，她是我可靠的見證人，她同意我是偉大勇敢的勝利者！啊哈！啊哈——

瞬間！天地驚呼人羣驚呼！在莊燕要轉入蕉園旁的砂土路時，身子猛然蹭蹬顛盪雙眼昏旋天空傾翻土地飛騰他已翻跌摔地！側旁的水田像浪濤激湍呼吼，臉剛從刺癢的雜草翻起又立刻被摔倒，一慌，竟整個身子滾入爛泥！天哪！天翻轉雲從西邊傾落！地翻轉蕉園自東面揷飛天空！四邊家舍燈火像飛旋的車燈，一聲爆響！燈光同時滅亡；蕉樹折裂房屋傾翻人畜哀嚎！這夜暗被碰撞抽割哭聲淒厲廻盪！……

「地震啊地震啊啊！……」

他終於也失聲喊叫。慶幸未被剛折裂的蕉樹撞及，雙手死抓着路邊的草蔓從泥地奮力翻開！身上的爛泥黏上砂土，他屏息，緊緊伏抱着呼吼的土地！……

除了斷續的人畜哀哭與驚嘆，風聲復起，夜暗恢復原先的冷肅枯寂。

這是一次激烈的災刼，來去匆匆，却留下了滿地瘡痍。

心猶顫跳身子仍感暈轉。抹着臉頰的砂泥，莊燕忖測，蕉園至少有一半損折，村裏大概有半數人家要成爲廢墟。勇敢起身，往暗漆的村摸進，提防着被橫散滿地的磚石柴木絆倒。

路旁一間傾倒的豬舍，被木樑伏壓的小豬正唧唧尖嚎。主人們合力清理木樑上緊壓的磚石，而發現了雖仍淌流着血却已命絕的母豬。不祥的焦慮從四面擁來，害怕地想着三爺村腐舊的家居，蒼老的榕樹……，慌忙往江家跑！

江家庭前的大芒果樹連根拔起傾壓在莊燕與江含煙居住的磚屋，屋頂從中塌陷，牆垣半傾。

院裏，楊桃樹棗樹傾斜，浴室頹垮，房屋瓦片殘落滿院。

聽見依依在屋內低泣，進入時踩得磚瓦碎響！江老師聞聲迎到客廳，持着曳晃的燭火：「莊老師！還好你今天晚同來！」說着說着，憂慮的眼眶濡濕了：「天災天災！總算是不幸中之大幸！」

「神明保祐神明保祐，我想早些趕同家裏。」

「含煙到底去那裏了！現在還不見人影，昨晚的事竟然還不知反改！」

莊燕隨着江老師到臥房找蠟燭，才進門，一股冷風從北面床頭撲來，火立即熄滅，「窗子全破了。」

「玻璃！」莊燕脚底下發出脆響，地上和床頭一攤熠閃的青光，心隨之一寒，宛若被碎片所割刺！

「所有的窗都震破了，一片也不剩。」

莊燕心中驚顫的微光再次被吹得晃搖了。手發抖捺擦火柴，蠟燭酡紅的光暈使碎玻璃彩繪成紅鱗。怯怯地問：「那麼，新厝國小的窗玻璃……」

「當然也半片不存了！」

「恥辱！」咒罵着身子整個輭塌下來。脚下的玻璃又發出一陣驚叫，他慌張退後。

整個下午的計謀與奮戰都變得荒謬可笑了！這是徹底的失敗，所有被苦苦緊護的在黑暗與颳的蕭索裏碎裂哀哭。

潰敗、潰敗！天地昏暗四肢酸痲眼神呆滯，竟然，痴女詭異的笑竟是陰狠刻毒的諷刺！爲何一切都被她所窺知？誰安排她的出現？愧對自己，愧對天眞善良的簡淳淳，應該謙虛聽她的忠告才是啊！

這眞是防不勝防的命運，孤苦努力的皆是徒然，啊天啊那緊擁的小小光榮竟只註解恥辱！逼虐自己沉向徒然掙扎的自省裏，要自己認領這世界擁繞的夜黑以及殘酷無情的災痛。這是破滅的全部，讓脆弱無知的自己去清掃、火焚，然後與砂塵一齊烟散！

他替江老師把屋內的玻璃碎片掃除、丢棄！

想起孤傲堅決的自己，竟要學習謙忍去爲殘存的自尊對世界奉承。莊蕪面向着兀自閃亮的玻璃，倚靠斷折的芒果樹幹上，淚在冷風中濡落。

手掌圈護着蠟燭步過凌亂的庭院，用力推開傾頽的木門。芒果樹幹在上方恫嚇他，幾次駭害地回頭，又咬緊牙根向着頽圮的磚瓦探索。想念起三爺村的家居，母親母親，總是最後歸附療慰的岸，啊！就像病深的孩子，想望悲憫的同情，早早回去吧！回去吧！……

哭泣着、呢喃着，從散堆的瓦與傾彎的屋頂間弓身繞爬向內；燭火在潑入的風砂裏驚顫，暗影歡呼！

淒惶瘖瘂的南胡與渾濁的歌吟，開始像老人扭曲的臉從屋頂隙縫幽幽俯臨——

「……陽臺夢啊夢陽臺啊，翻身脫殼啊離塵埃啊——」

書桌翻覆，書和衣物被瓦片斷木遮掩。芒果樹巨大的樹幹把床邊的窗整個壓碎，枝幹樹葉從半傾的屋頂仰向天空。木床被壓得向牆壁俯傾，兩腿便懸空着，瓦與棉被向低處堆擠。所有的殘敗令莊燕怵目心驚。昨夜他還與江含煙在此入睡，憂傷地思慮他困鬪的不幸，聽他夢中斷續呢喃。整夜裏他就這樣望着暗靑的窗，想像今天的自己。而在後來，終於流出勇敢的淚，哽咽低喚朱顏，要遙遠的朱顏穿好看的白衣回來，回來！

「……從此去啊莫强求啊，暑往寒來啊春復秋啊——」

聽着歌吟又可怕地記起上午的夢裏，血泊中無辜無告的自己……。可怕的黑！莊燕在飄落的塵灰與蠟燭腐臭的氣味中屛息，偶爾忍不住地呻吟、低喊，慌亂掀翻着瓦礫找尋返家的衣物。這是他殘存的氣息，他知道，他正要回家，平安回三爺村的家。

被一張壓皺的信封吸引，他抽出信箋，趨近燭火，字跡淸秀，斜着身子看了：

「媽媽。兒不孝不能盡事孝道依依跪請撫養九泉永遠感恩來生再報。兒含煙泣留。」

風哀嚎歌凄吟頭暈轉額心冒汗雙手顫抖信箋輕輕飄落，「江老師！江老師！——」翻身站起撞向屋瓦！雙腿跪下就要向大廳爬，屋頂猛然掉落兩塊瓦片，碰碰打在木床發出巨雷碎響滾向傾斜的樹幹！莊燕雙眼圓睜呼吸靜止，終於，像貪婪的獸呼吼往木床撲去！撥開瓦片棉被！然後，閉上眼睛，右手飛舞緊緊抓拉露出的襯衫！拉！拉！江含煙已然發黑的臉翻轉過來兩顆殭凝的眼瞳像震破的燈芒望着。望着他就將像痴女對他微笑！莊蕪呵呵笑咬緊牙根。呵呵——又死命拉！拉！……

但江含煙的脚掌被樹幹緊壓在木床與牆壁間，凝結的暗紅的血！莊蕪啊呀慘叫雙手一放殭硬的身子隨着甩落的蠟燭立刻順傾斜坡撞向牆壁，低沉的怒吼！黑暗逼臨！莊蕪心房被震得四分五裂！語無倫次地呢喃着哭吟着向外跪爬，雙手與膝蓋割得陣陣抽痛，突然火光又從背後亮起把他的身影推向閃亮的玻璃碎片，手掌正流着艷麗的血！……剝剝！想起火光，天哪天哪蠟燭竟在江含煙的衣服燒起！天哪又是那呆滯擴散的眼眸！「有人死噢救火噢！救火噢！——」……

爬出木門時正好江老師帶着依依跑來，竟把依依懷裏的大洋娃娃撞翻落地！依依尖聲哭喊。江老師焦切問他但他只驚愣失神眼睛瞠望風中並且流淚，流血的手掌無力地拍打彎跪的膝蓋，哭着哭着對發出隱微火光的樹幹呵呵呢喃……。

老人停止歌吟拖着木屐從蕃石榴後面繞來，莊蕪一慌向前一滾跳將起來向前疾奔！老人啊啊在背後喊他來坐喔來坐喔！

千萬脚步在背後追趕！他的無辜江含煙的無辜何處申辯何處療慰？逃逃！火光啊這燃燒的怨恨爲何與風同謀？這苦苦等候的冬天姍姍來遲！秋天已過，朱顏啊朱顏秋天已過葉將落盡火烟已薰向遠方的天空！……

看見月光。終於看見月光。他淸楚這是美麗的夜晚他第一眼看見朱顏！薰疼的眼裏火光裏她的微笑！而黑暗逼襲，竹叢像千萬哀怨的鬼魅；烏髮下河的水影裏月亮眞像擴散的眼瞳碎散晶閃的玻璃啊！去擡擲！勝利！這是眞理這是最後爭執的光榮！……可是天哪誰從背後追來！朱顏帶着孩子們越過薯田如一羣驚飛的鳥追來了！咆哮！怒駡！丟擲石頭！感嘆年輕的今生美麗謙誠的宗教，啊這樸實天眞的情愛，葉一般落下落下，天哪落下！這是最後所能回報所能成全的了，媽媽呵！沒有終極的河流如何去漂流？每一面岸都是驚顫所以凋萎零落才是可靠的！是對命運謙忍的奉承啊！媽媽，兒不孝。沒有盡處的深淵啊吹不盡的葉枯，沉沒沉沒天哪這冷！眞眞冷呢！……啊——這未提防的冷竟是全部的自己，是最後思索自省的主題啊！…………嗨，朱顏，眞眞冷呢。

10

莊蕪。二十四歲。未婚。七天後入葬於三爺溪後方不遠的墳堆。當天風和日麗，懷胎七月的朱顏挺着大肚子率領四年級的孩子搭一段長遠的旱車趕來這曾熟悉的三爺村。除了簡淳淳其餘五十四人全部踴躍參加。莊蕪的母親在裂折的榕樹下一眼認出朱顏時流出了感激的淚。她們一行五十五人到新砌的土墳前排成五列，鞠躬、祭悼，並且哭泣，令旁觀者莫不心碎。

•一九七八年三月寫•

月光遍照

第一章 下弦月照

黃昏，暗靑的雲叢從東西對望的兩座山脈昇起，飄聚到燒趾溪的天空。原先河床的乾涸熾亮立即像洶湧的潮水節節敗退，天色逐漸轉趨幽謐黯澹，使白天裏耀目逼人的石礫星光般靜躺下來。

夕日從西邊落日山脈背後推來一列橫展的暗影，似乎要把東面的寒月山脈尖凸如笠的岩壁下方的寒月村整個覆滅，眼看山影正跨着燒趾溪寬廣的河床傾逼過來了，過來了！暗藍的雲層隨着暮風翻湧，從落日山脈攤陳過來的幾抹漸深的紅暈吃力地要去抵擋，却在夕日從遠方不能望見的海面落墜的瞬間，隨着就要奔至寒月村的山影，整個驚惶碎散！……天暗下來，月亮從寒月山脈的上頭昇起了。

懸掛海島東南方山海間的下弦月。暗靑的天空，星羣們與燒趾溪的石礫俯仰傾訴；雄偉墨黑的寒月山脈和落日山脈隔着寬廣的河床蹲坐對談。

行囊打點旣畢，步出屋外，梁燕頭一仰順着門前成列的檳榔樹望向高峭的山頭，才驚覺夜已來到。下弦月正哀怨蜷圍於輕飄的雲堆裏，氤氳正從寒月池昇起。

四周靜寂，可以清晰聽見屋後方，臨崖的泉瀑聲，像是傾瀉的月光從天空被風吹撞山壁嘩啦嘩啦滾下寒月池，又沿着村路旁的水渠伸經前方的稻田、棘樹林，緩緩隱入寬廣的燒趾溪的暴石裏。

整個寒月村在疏落的檳榔樹與剛試種不久的矮小枇杷裏手掌般張伸眼前。這是個寂靜獨立的小村，長約一公里，寬徑約半公里，三十餘戶人家藉着寒月池所澆灌的，寒月山脈與燒趾溪所擁圍成的一片三角臺地過着樸實不缺的農家生活。住家多散圍於緊連山壁的寒月池四周，背後爲峭高的寒月山脈所阻，既不能攀登也不生林木，石塊般的山壁只散簇着矮樹和草叢；村前邊，乾涸而滿佈石礫的燒趾溪，寬十多公里，無形中也把外面的世界阻隔了。

人們從溪對面的落日村望向大山脈下方的這叢疏落燈火，總像傳說般遙遠夢幻。甚至梁燕，除了小時候在外寓居求學的九年，當兵兩年，在這裏整整也度過了十六個寒暑了，有時還無法確認自己究竟仍和人類一同活於世界中，或已孤獨於一個被隔絕的天地裏？每天歷陳不變地仰望峭高無盡寬廣無涯的寒月山，穿行於幽冷神秘的寒月池，水田，和百來個歷歷可陳的村人，耕田，並向對山仰望閒談着外面繽紛神秘的傳說。

而耳所聞眼所見的雖是周圍交鳴的山禽、水瀑，心魂却日夜飛過燒趾溪，沉落於落日山脈背後不可見的熙攘多姿的人羣、樓房、喧囂……，而感覺一股莫名的寂寞與懼怕了。年輕的男子，甚至女孩在十六七歲便多紛紛到遠地謀生了，自己每天却只能面對村裏的老人和幾個小孩。除了父親、母親與沉香給予一些可靠的理由，他已無時無刻懷疑着一直堅持留村的動機是否荒誕而缺乏責任了。他思忖自己絕對是個勇敢可以獨立的成人，可以忍受離情的折磨的，可是二十七歲了，他到目前爲止所望的仍是這片神秘不實的月色啊！

原來猶疑不決是一種可怕的心性，歲月溜逝是無可抵擋的。年青人離鄉早已是村人必然的命運，當初，憑着什麼理由竟魯莽地要去頂抗這條例？眞因爲感情深，父母老了，不忍他們也像其他人一樣爲思念子女而寂寞感嘆，沉香也孤獨無依，或者，喜歡山村的樸實無爭，看不慣那些離鄉外出的人回來時那副圓滑虛榮的樣子……？換來的是村人的嘲諷與父母的不解，原來他們還是對的、善意的。他們說：趁年輕到外面奮鬪，以後有成就了再老死故鄉，讓外面每個人都知道有一個寒月村……。

梁燕在門前澀澀笑了。這些過了今晚將不復存在，明晨，他將遠遠端望太陽從寒月山尖凸的峰頂昇起。

拉上門，沿着舖有細卵石的小道往村外的田疇走去。經過幾戶人家，上田的還未返來，房內沉靜暗黑。這是村的特色，往往要等太陽落下，月亮照到寒月池上頭才收理工具。因爲早回家晚回家也是一樣的。如果天暗得不能工作，就站立田埂上瞭探落日山脈上方天空的隱約燈暈；有時就沉迷在回憶裏，眷戀地回頭仰望陡峭無崖的寒月山脈；或穿過臨着燒趾溪的一列棘樹林到河岸，翹首河床裏，是否有人從對岸趕着月色歸來。

寒月村被側彎的山臂圍爲三角形，除了山壁附近稍爲傾偏，整個村莊只多出燒趾溪一人高。臨河茂生一列棘樹林供應村人柴木；村裏因爲白日少受太陽灼照，溪中翻騰的風砂亦少有威脅，所以只稀疏種了些檳榔和果樹；而在寒月池四週，不知是先人所植或自己衍生，池岸密佈着蒼勁的苦苓樹，到了春天葉間與草地撒舖着紫白小花。

剛離開寒月池側旁的家舍時，還能整個望見燒趾溪，一來到村中央，臨着水渠的田道裏，河床終於被棘樹林所遮，那廣垠密陳發着暗青光茫的礫石像在一晃間沉沒了。月光，從背後暗黑而又隱隱閃耀的岩壁順着水瀑滾落寒月池，似也正隨着奔流的水渠穿經苦苓樹與村舍，從粱燕背後一步步跟來了。

漆暗的棘樹林前，兩團隱約的黑。父親正弓着身子捆把一堆柴木，瞇着眼望才認出他來；母親蝦跪在田裏抹除雜草，此時回過頭向他招手。

「行李打捆好了？」父親喊，聲音奔向山壁又彈回。親切的語音，突兀得使他一時不能確定是對他說的。

母親跪抹回到田塍後，站起身來。泥水往脚板直滴，走過兩片田，在水渠裏洗了手脚，又捧了幾把往臉上抹。水光在月色裏微微潑閃，臉是向他望着的，但太暗，看不清表情。

「阿燕，水土不合就回來好了。」伊邊走，說：「外面風雨多，水質空氣眞壞，實在教我掛慮。」

「阿娘，妳眞是多操心！」粱燕過來幫着父親：「我以前不也是常出外去買東買西嗎？又不是三歲孩子！」

父親把柴木扛在肩上，粱燕接過母親搶着要扛的一捆。

「以前是外出，這次是出外，不是三天五日。」

「阿爹，知道啦！」

路上碰到從田裏囘村的人，問候行程，要他常囘來玩，神情充滿興奮與期待：「賺大錢囘來喔。賺大錢囘來喔。」

月亮又從田裏跟着他跑，粱燕把柴木換到右肩，呼吸喘急：「我可能去工廠作工，當學徒太老了。」

「順從你，眞得沒法就囘來村裏，沒人會笑你，知麼？」父親轉過臉：「免寄錢囘來，家裏不缺，知麼？」

逐漸繞昇厚堆的山嵐背後，峭高的寒月山，黑虎虎地隨着他的喘息一步步要壓傾過來般；山壁上仍可望見幾處閃着靑光，矮樹詭異地招擺着。

啊！一切是如此陌生了，突然間便要斷停脈胳的交流奔向自己未知的土地了。

停下來喘息，仰臉要探看月亮，身子向後倒退兩步差點跟着柴木滾到水渠。

母親幫他把柴木扶起，「我扛我扛，你晚上還要過溪，多休息沒敗害！」才知道母親噙着淚，「孤生你一人，還是要離開身邊了。」

「哼哼，人就要離開了還是整天唸這些！」父親在前頭喊：「落葉總是要歸根，又不是死別，要妳這樣啼啼哭哭？」聲音愈說愈細，矮小的身子像被柴木壓得直往下縮。

青蛙在身後的田裏嘓嘓叫喊，野雉鷄在前頭寒月池裏咕咕哭啼。村中風細微，但聽見燒趾溪裏，夜風正吃力切刮着石礫，聲音如鳴了。想起夜晚將獨身越過十餘公里的河床，眼前一陣暗，好像下弦月也被石礫吹打得翻滾了。想起沉香，心口酸痛，直直挺胸吸氣，空盪的兩手揮擺着，邊走邊扭動微疼的肩。——如何向伊說？如何向伊說？……

用完晚餐，步出屋外，氤氳已飛昇到山腰，但暗青的山壁與村景仍被一片淺薄的白霧所網繞。

繞過寒月池旁散置的村舍，母親陪他去南面墳堆前的小祠廟燒香拜別。母親說：「住在村裏，有祖先的魂相伴，就不孤單了，你出門在外，要照顧自己。」

留在村裏的那幾個年輕人正聚集着賭博，聽見他們的脚步倉皇閃避但仍被發覺。梁燕正被翻湧的激情所煎困，爲此竟又增深一股逼切的絞痛了。

「祖先來這裏時，只有荒草。但現在，養活了這些睡着的、醒着的，以及像你一樣離開的人。阿燕，要記得母親說的話，正是祖先從海那邊一直交傳到現在的話。要記得自己，怎麼走來，就該怎麼回去，知道麼？」

在上香時母親爲他祈禱平安。粱燕不能自己地流淚。

他要母親先回去，「就要離開了，我自己走一走。」

年輕人又從暗處出來，向他寒喧問別。「遇到好事記得回來通報，帶我們過去光采光采。」

粱燕苦笑不語。離情像漸深的霧襲來，感覺冷意了。他羨慕他們又不勝怨嘆。像一股寒流推他離開這眷愛的村子。有時候他也怨恨那些村中長輩，用各種方式去挑撥刺傷他和父母，「年紀大了，又是獨生子，留着吃奶啊！」然後又誇大地炫耀在外的孩子們。

村子老邁了，退化了，我的力量太小，好像也跟着蒼老了。……然後反覆猜想外面世界未來的美好機遇，久別後父母光榮的笑顏，竟沉沒在痙攣的悲壯裏了。

——好吧！離開吧！離開吧！

三天前，他向父母提起，也向沉香提起，才知道他們比他更不覺意外，像沉默等待得久了，分不清是悲傷或喜悅。

——逼我離開，好吧！以後我有了大成就或不管是不是落魄潦倒，如果寒月村仍是這副樣子！我寧願屍塞他鄉，誓不回來！誓不回來！……三天來他像個孩子，常無端對着落日山脈呢喃。

也許牽掛的是因爲必須離開沉香。楚楚憐人的伊擁有全村唯一的縫紉機，二十初頭的女子，幾年來村人的衣服莫不由她裁縫。

——怎麼向伊說才好，怎麼向伊說才好？……

她的眼睛露出勇敢的神色。當三天前他向伊說今天將離村遠行，伊相信他必將回來。這是梁燕所感到苦楚的，他自知外出的寂寞，這淵深的思念將只給他更深的折騰。

他悄悄繞過那羣圍在沙啞不清的收音機旁談笑的老人們，回到村落，沿水渠步向寒月池。果眞沉香已在那裏候他多時。

「跟我走吧，沉香。」

「啊！」她驚訝回過臉，苦苓樹低垂的淡紫白花拂到她的臉頰。

「聽我的話，沉香，不要留戀寒月村，因爲這是必然的結果。但我不希望在時間與猶豫中受牽掛，誰能終生爲這些情意衰老感嘆呢？像我一樣，我自以爲我堅持感情是對的，留在村子陪伴父母是對的，可是最後還是被迫離開！……」

「你會回來的。」

「沉香，我是眞想回來，但我知道不會有這機會的。」梁燕把臉仰到苦苓花的暗香裏，霧濡得他一臉：「這一切都不會再屬於我們，長輩們的這些心意我是深切明白了，也所以我拖延至今，眞是不忍啊這個養育我們的土地，這樣出色的風水。而感嘆的是他們正用他們的感情割離我們，甚至還以爲這樣作是對的，是對我們的疼愛關切。我們如何努力也無法再與他們銜接了，沉香，其實他們是無情而又嚴苛的，年年代代辛苦累積下來的成果，使他們不信任每個子弟，所以要我離去，然後又等候我回來，這是因爲人無法避免去思念。沉香，妳會慢慢瞭解的。等回來時他們又感嘆我們變了，變得跟不上他們歷代的美德和傳統。唉，沉香，他們生下我們，却不尊重成長已是我們自己的事了，我二十七歲，妳二十二歲，沉香，跟我走，好嗎？」

橢圓形的寒月池四週密生着盛開紫白色小花的苦苓與一些低矮的雜樹野花。如花冠般的樹叢倒影微帶青白，高峭的寒月山佔據池面三分之二，月亮倒掛在發光的空處。氤氳如幽幽繚繞的香火，從冰寒的池面裊裊圍繞，向樹羣與山壁飛昇。當梁燕把臉上仰，下弦月如一面疾走的鏡，騰飛的雲在光亮處閃出又立刻隱入山影的蒼暗裏。

寒月池四週因月亮射照而明亮，那青藍的光芒是他所熟悉的，整片山壁仔細望去，好像日夜都張大着眼瞳俯望着村中的一切。梁燕獨自轉着圈子，感覺並不因爲他的離去而使景物稍有遷變。直到聽見沉香漸急的啜泣，心頭又猛然一酸。

「好吧！兩年，就等兩年後我回來接妳吧！希望那時候你願意跟我離去。不過，沉香，妳也可以不等待的，這之間，妳也可以跟別人離去或者就跟別人認命村中的，沒關係啊！反正一切都是命，我不會埋怨的。」

他想拉她的手，又羞澀停住。想是憂慮這行爲又加深了回憶的折騰。但沉香却悄悄走近來，從背後抱擁他的肩，淚濕一片。她手裏揑着一串項鍊般的東西塞到他的掌中，說：「護身符，我為你縫的，我已在祖先祠廟許過願，會保佑你平安。」

「我兩年後一定回來。」

「我會等你。」

他從背後輕輕抱着沉香。頭低俯伊冷而長的髮叢，手掌在伊輕輕起伏的溫柔的胸裏，又怯羞地移開身子，靜默站立。

那是一條銀色鍊子，結着一個紅色小布包。沉香把它掛上他頸上，流着淚。梁燕臉上露出堅毅與感激，看著沉香。

下弦月已繞過苦苓樹，偏向燒趾溪的天空。

村裏的人們幾乎都聚到家前來了。父親已把他的背包放在門口，梁燕從水渠拐過彎時，隱約聽到他說：「這些新種的枇杷，還不是等着給他們年輕人享用的，就怕他們不回來。」

父親打開了一甕酒，要他喝下一碗，自己也喝了一碗，然後分給其他的長者，他們舉杯每人喝了一大口，唸吟道：

「月光遍照日光臨，

神明擁護保安寧。」

梁燕也同樣回應。把一條新的毛巾綁在額頭，看看閃着淚光的父親母親，從人羣中穿過往村路走去。

石路在護送的人羣裏發出綣綣的擦摩聲，當他從水渠的月光臉稍一抬，發現隱在苦苓樹下的沉香正偷偷向他揮手。梁燕回頭看看背後的人羣，偷偷向伊打一個手勢，哀別與思念。

月亮與低垂的山雲仍跟着人羣跑。村人已漸漸轉身回去，當他到了村前種有檳榔的田塍時，全部默默回身走了。父母佝僂身子跟他往棘樹林走去。這是村裏的風俗，送別是不講話的。

傳說以前燒趾溪是一條洶湧澎湃的大河，海上的船可以往內駛入平地。有位勇敢年輕的漁人在某個月夜追趕着一條蛟龍來到寒月山脈前，一個噗通巨浪立刻翻身不見，整條溪水像崩瀉的堤倒澆海中，船翻沒他沉入水濤裏。天亮時漁人醒來，發現燒趾溪已乾涸，暴石像伏跪的白衣人羣，他仰睡於山壁下方清澈的池旁，那正是蛟龍隱沒處，後來盛開苦苓樹的寒月池。他回去後帶領妻子和幾位村鄰到此定居，引來祖先牌位，代代豐饒安樂，子孫終於繁衍而成現在的寒月村。他們相信蛟龍仍在池底，所以村人外出送行時都不開口，以免蛟龍知道有人離去而發怒。

一向嚴厲頑冥喜愛怒責的父親第一次滴淚，親切靠在母親身側。水田裏黑影與月光輕輕漾晃。

梁燕毅然轉身，穿過棘樹林的路徑斜身到燒趾溪。狂風呼吼飛砂走石，還落着微雨。再次回頭向站立上方的父母揮手，抓緊背包蝦俯着身子往對面有着燈暈的落日山脈行去。

方行不遠，等他轉身回望村子，稠濃的山嵐已像一隻巨大白莽橫伸山脈上端，墨烏的山巔有如虛浮天上，被夜露所浴顯得莊嚴幽遠。隱沒了的寒月村，還可望見前頭半隱的棘樹林。

下弦月已被烏雲推擠到燒趾溪上頭，逐步往落日山脈傾走。天空清澈閃亮，細雨方歇未留半抹雲彩，但空氣渲濡着濕涼，似是山嵐隨夜風瀉散過來。一再地回頭望，像誰站立背後沉默送別，依依不捨。乾礫的河床，靜蹲如欲跳的睏獸，默然呼息着，風砂嘶嚎拍擊臉頰，有幾次眼睛痛苦得無法張開，猛又驚駭那散置的幾顆巨大溪石挪移脚步撞擊過來！

心怯而又哀疼地頻頻回望靜凝的山嵐與下弦月，却又不得不努力睜開砂癢的眼搜視身前風聲中夜暗的淒厲鳴訴！啊啊地顫慄，感到一股不可抗拒的驚駭和愈深愈冷的孤獨，啊啊地驚喊，宛若父親的斥責又恍惚是沉香的哭吟！啊啊！……

寬廣的燒趾溪每到夜晚便是飛砂走石，但白天裏，潔白的石礫於陽光中却熾亮灼人無法通行。從寒月山脈與落日山脈間往返，除了陰天，皆須等候深夜起身。因一路必須繞跳凌亂舖陳的石礫，雖只有十多公里，却須花費四五小時。

梁燕抓着背袋，身子儘量低彎。感覺護身符發散微溫擁住激喘的胸口，但狂砂猛烈，必須在月光中膽顫分辨淒嚎搖顫的蘆叢，且心虛地留神那發亮着眼的溪石，使得無暇再多做身後的回憶，或思索天亮時落日山脈外的世界。

當他又回首後望，整個寒月山脈已被月光中發青的雲霧整個吞噬，行過的溪床，砂石依然鬼魅般叫嚷奔逃追趕他。他疲倦地倚靠一塊冰冷的大石，靜立望向前方。……落日山脈上方的燈暈雖已散去，但山脈却格外青綠地蹲踞着，月亮懸掛在落日村上頭，落日旅棧房內薄黃的燈影與站立坡岸前的一株苦苓及幾叢蘆草已在不遠處向他招手微笑了。

雨又下了。

啊啊地又一陣抽痛了。不知是否憂傷與眷顧所傷神，疲倦得連呼息也像無助底呻吟，臉貼伏石壁，寒月池的水波與晨光一起湧溢開來了。一時手足無措緊緊抱擁背包，强吞着淚哽咽起來了。

第二章　月　缺

兩年後的黃昏，梁燕從北方的一個漁鎭——澳港回來了。興奮而又滿心焦慮矛盾。昨晚在山後的市鎭過了一夜。現在他已穿經落日山脈一條闢爲旅遊之用的小路，翻越叠擠的山巒走向落日村。

溪已不遠，不久卽可望見整個燒趾溪河床對面寒月山脈下的寒月村。

此落日村不遠處有一伸流入燒趾溪的山澗，逆沿此澗彎轉入山巒約一個小時，在峭高的山脈下有一瀑布，雖已較傳說細緩，但燒趾溪的景觀和對面的寒月山雲嵐殊勝，所以仍會有遊人不遠跋涉來此尋幽探艷，年久失修的落日旅棧就稍稍留下了當年的丰采了。

從顚伏的山巒延伸下來的土路，在落日旅棧前分歧。較小的向東面溪的斜坡上伸，約百公尺長，到了高處，有一苦苓樹，從樹旁坡徑沉伸燒趾溪正是往寒月村所經之徑；而較大的一條彎繞過落日旅棧，延向佈滿秀麗岸石的溪澗小道；通往崩傾如莽蛇吐噴巨濤的落日瀑布。

早年，此地遊客絡繹不絕，五六家旅棧和成列的商店門庭若市。但瀑布山景既逐日衰滅，溪澗的溫泉也已失去，如今的落日村只殘存落日旅棧和旁邊一間賣土產兼爲寒月村準備的雜貨小店。逢經假日，偶爾仍會有成羣的青年學生，或一些眷戀往日風光的旅人，從各地搭車到落日山後的山鎮，然後爬一段山路哼唱前來。小店此時便趕快把門整個打開，旅棧留下來的幾位陪宿的女人雖已嫌老仍慌忙奔到門口向路這邊探望，猶如久候着故人歸來，臉上閃熠着燎人的嫵媚。

旅棧是兩層建築，門口進去即是一精緻的小花園，其後爲菜圃及叠壘有致的青色峯巒與山脈。右側廂房爲小姐老闆們住家，左旁是飯廳和澡堂厨厠，樓上方有十餘間分割齊整的客房，面東的從窗口可以望見斜坡後方的半面燒趾溪和整個寒月山脈，客人在興奮之餘往往還向小姐們探問山脚下隱微的燈光。

「寒月村。」她們就哈哈大笑：「你想隱居的話或者想看漂亮的姑娘現在趕快穿好衣服連夜趕過去，否則天一亮太陽一出來你的脚趾脚掌會被石礫整個燙爛！」

兩年終於過去了。昨晚梁燕回到山鎮過夜，在繁鬧的街道徘徊，這是他已然熟悉的紅塵。而他自知，這些永遠是他所難去眞心擁抱的。城鎮後端，墨黑的落日山脈上頭，衰敗的下弦月只存一條細瘦的弓弧，似是從村子苦苦趕來，月光裏隱約輕飄着他依眷的濡濕的山嵐，田疇的草泥，且微有苦苓花的暗香……。便無端地沉醉在甜蜜與想念裏了。

當仔細再看，感覺那冷彎的弦像尖刻的唇，恥笑他的薄弱，他的不堪：「回去吧！回去吧！……」啊！回去什麼地方啊！他有太多的牽掛與不安，沉香與父母和敬愛的村人，像爍閃的路燈又像微熠的星月，那麼遙遠那麼朦朧不實啊！

但今天天剛亮他已被刺目的光芒所驚醒！兩年來他一直不能適應薄晨的朝陽，當他隨着漁船連夜迎着寒風作業，要回到漁港時他再再被自海面跳起的渾圓紅艷的太陽灼疼得呻吟。這在寒月村裏的幽凉是永遠不會遇到的啊！

過了中午，憂疑的他終於決心勇敢往回家的山路走。一路顛晃、喘息，現在，黃昏的暮色即將從身側的落日山脈落下。等過了夜晚，啊過了夜晚，明天他將伏臥在寒月村幽凉的山蔭與月明裏了。

——只是，是否命運又指使村人指使我所愛的人再殘酷斥責我的依戀，逼我再走一夜河床回到城市回到巉險無垠的海面？……沉香呢？伊現在，啊眞還等候着我嗎？兩年了啊！眞像一場惡夢啊！像嘔吐顛盪的波浪啊！我什麼時候眞能無憂泊靠啊！伊還那般溫存迷人麼？父親還那般冷峻嚴厲麼？母親呢？寒月池呢？……天哪！……

手緊張扶托住身後擺晃的揹袋。裏面有從村中帶出的舊衣服，和兩年來辛苦累存的款項。在看到落日旅棧時他屛息着，靜立，雙手輕貼喘跳的胸口，沉香的護身符似乎仍散着微溫。

旅棧在夕陽裏散發暈紅，像一座古老殿堂，莊嚴冷肅。竟又使他遲疑不前了。

兩年前的夜晚，被烏雲所追趕般，在細雨與飛砂裏伏屈身子連夜奔過燒趾溪。在他接近河岸時，晨光把河床照成一種淡青的白。他猛然回望寒月山，整個山清明澄藍；雲霧整個散失，幾乎可以看清每條肌紋，岸前羅列的棘樹林迎風微微向他招擺，村裏的炊烟正緩緩飄向山壁，他隱約看見棘樹林後村人正一個個走出門外，到散發幽香的寒月池邊寒喧談笑……。而一切竟被燒趾溪隔得那麼遙遠了。他頭一轉，下弦月凹掛在落日山脈山頭，岸邊坡徑上頭的苦苓伸張手臂等他上來。

朝陽從寒月山上頭照來時。他正好苦撐了發痛的身子爬到岸上的陡坡，當要回頭觀望日出，眼前突然一亮！落日旅棧如一枝剛開苞綻放閃着甘露的花朵，背後山脈青翠如烘托的枝葉。等他驚覺過來，回頭要目睹寒月山日出，朝陽已跳出山頭，寒月村在晨時的雲霧裏朦朧退遠了！……

秋日的夕陽逐漸在山背墜落，山影一步步走來。頃間，艷麗的落日旅棧陷入陰暗裏，然後壓伏過靜立的梁燕，爬向陡坡，跳落燒趾溪中。

潔白的氤氳自山脊上的樹叢緩緩旋繞出來，向上飛昇，飛昇，到了山頭，被一片墨黑的雲層所吞噬。高空的烏雲就像一擴張的布蓬，被寒月山和落日山脈所苦撐，在暮色愈弱時，逐漸向河床壓沉……。

頃然，幾聲吼雷自燒趾溪入海的方向閃跳過來！終於布蓬鬆垮，雨點跟着披撒淋落！

先是河床白日的灼燙遇冷發出的隱微悶響，散發稀薄的蒸氣，然後成爲輕脆的樂音，叮咚落到山澗的水流裏。

「下雨了下雨了！」叫喊的尖銳的女人，聲音擅向山巒散飛雨中。

雨雖不甚大，頃間，粱燕也一身濕了。

他面向斜坡開始奔跑，右手遮額，左手攬緊背包。落日旅棧前一個穿着藍色衣褲的女人從門廊好奇探身雨中，對他微笑。

在河岸的苦苓樹下站立，望着陷入雨霧中的寒月山。前頭的棘樹林靜靜羅列站立，背後，疏落的檳榔樹、田疇，屋內的燈光隱微地亮起，一盞、兩盞……，雨漸大，視界模糊，竟無法確定那一盞是家裏，那一盞是沉香家了。

悲嘆自己竟像陌生的旅人，瞭望遙不可及的山水，天眞地又去思索那些風光景物。粱燕就兀立於成爲堤防的斜坡高處，前方是潮濕的燒趾溪、寒月山脈，背後是旅棧的燈光、山巒和偉峩的落日山脈。猶疑着，任飄灑的雨和苦苓花濕淋身子，不知該冒雨疾走河床回村，或返身到旅棧避雨。

雷電交熾，岸草痙攣，雨勢增大，隨着漸起的驚風擺曳。

背後響來匆促的脚步聲。回過頭，只見一株黑傘正向他頂迎上來。

然後看到了拎高的藍褲，藍衣，抖顫稀鬆的胸，清瘦樸實的臉頰，削短的髮……，是剛才的那位女人。

「喂，下雨了，你幹嘛啊？」

梁燕轉臉時被濕濡的髮和滴落的雨點拍痛了眼睛：「我要回村子。」眼睛一陣刺熱，連忙揮手揉拭。

「也得等雨停吧！」女人站到身前，抬高的傘彈得潮濕的苦苓花又連連灑落。他低着臉閃避進去，臉輕輕碰到她的手肘。

女人望着他一臉潮濕，想說什麼又停住了。梁燕在陰暗中定定看着她發亮的眼瞳，當目光定定相遇，彼此慌忙低下臉。

「妳在旅棧啊！」怯羞地問。心想應是伴夜的女人吧。

女人瞪他一眼，臉轉入雨中，聲音冷硬了：「唉！要走就走，避雨就避雨，別問東問西的。」轉身就要離開。

「喂喂！」梁燕焦急了，輕輕抓了她的袖口，「別這樣，度量太小不好。」

女人笑了，又望他。請他代爲拿傘，俯下身捲着褲管，頭微觸着他的腹部。「看你傻傻站立河岸，還以爲老遠跑來跳水的，怕你發現河床乾會失望痛心，想來指引你去落日瀑布那邊的水潤跳哪！知麼？」

「女人心，」連嘖三聲，持着傘護着她往下坡走。「妳什麼名姓啊！」手肘無意中撞了她的胸，心口飄起一陣甜。

「不知啦！」

「來多久了。」心有些急了。

「你管！」

回頭，寒月山脈已被斜坡阻隔大半，只剩隱約的黑。不勝戀眷心酸得又停步了，果眞家鄉已如此遙遠不實啊！

女人頭也不回地拉他叫他走好，猛想起沉香，不禁緊緊攬着她，「喂，喂，如果我今晚不回去，妳陪我好嘛？……」

雨太大天太黑了，或者明晚回去或者明晚回去才不這麼蒼凉吧！……

「唉，不要啦！我只叫你避雨。」她低了頭身子却輕輕偎靠過來，「你這人眞不老實，又不是遊客。」

「喂，……我問眞的啊！」

「唉呀，你眞是，唉，好啦好啦！」女人說着身子微閃了開，梁燕的手凌空虛張，又輕拉着她，「你眞是個小孩子！你出外去啊！我以前沒看過你，喂，你什麼名？」

走下斜坡，「梁燕，二十九歲了，老囉！」

他們已來到旅棧前，藉着棧上房間瀉下的燈光，梁燕仔細端詳已是斑剝的不質門扁，「我從沒進去過。」

「不要後悔啊！」女人偷偷看他。

梁燕轉身，對着她，也對着夜黑，留下一句苦笑。

她帶他到樓上房間，他把外衣褲脫下讓她掠掛牆壁的釘子上。旅棧隔開了外面的山水風景格外靜寂溫和，除了梁燕外，另住了兩位中年房客，店裏的人都聚集樓下用餐聊天。女人對他懷着奇特的溫情，體貼地爲他把飯食拿上來，還燒了熱水。梁燕倚在窗口瞭望，只能看見眼前燈光所照及的雨點。暗，不可越探的風雨的呼吼，山色與溪石皆已隱遁藏伏。

猛地雷電又再交閃，驚嚇間感覺寒月山正崩裂碎散，石塊混挾雨冷滾落村中滾入燒趾溪，唉唉地誰在哀哭？……

想也是寂寞吧！女人和旅棧的人們笑鬧了稍時，一早便上樓來陪伴他了。換了一身寬鬆的淡綠睡袍輕輕走進屋來。

梁燕還是站在面東的窗口，雨正逐漸增大，濺到房中來，胸腹已微微潮濕了。

「想家啊！」女人說着，兀自坐在床頭，甩甩髮側望着他：「你說你名叫梁燕？」

梁燕回頭，對伊甜甜地笑了，又轉臉窗外。神秘地思慮着，胸口的冷，漸漸佈淋全身。

「我叫羅枝，小你三歲？嗨，梁燕，我們的名字好像有點什麼關係，梁燕、羅枝……，你說巧不巧，梁燕？……」

梁燕終於在雨點中隱約辨認出一兩顆細微如螢火的燈黃，暗濛的寒月山在雨裏忽而擴散忽而蠕縮。竟又立即閃逝不見。

兩年來他已失去故鄉的一切訊息，在遠方陌生的漁港裏他像一尾無依的游魚，終於回到了家前，却被風雨遮擋。記憶像一面張開的網，引誘着他游入。他痛苦地猶疑着，不知那一方才是出口那一方是危險不可翻身的陷阱？

這稠稠黏黏不可分辨的夜色引導他陷入紛亂的掙困中。深切的情意裏他讓父母沉香和村人的臉笑着走來，一不留神却已拿着刀刺入他的腰腹，啊呀！幾乎呻吟地扶着窗櫺呻吟，想起遠方港澳與海中腥臭的日子，更是顫慄了。當他咬着牙根放開窗櫺上已被濺濕的手掌，他扶緊胸口的護身符，眼眸往雨中暗昧的燈星衝撞過去，啊呀！好像整個頭顱撞上冷硬的寒月山，下身逐漸陷入深不可測的寒月池，一隻伏藏三百年的蛟龍一個翻身張開巨口向他噬咬過來！……被雨濺濕的眼眶終於流下悔恨的淚。

「我願意是一個受寵也受責的孩子啊！為什麼一定要趕我離開家門？……」啊，再再陷溺再再思省抽拔的仍是這膠稠的愁苦啊！

羅枝像個善感的小母親拉他坐到床上，伊關緊窗，跪立床緣，裙裾把整個膝蓋掩住了。手撐下巴，臉仰着看他，逗得他笑了。

「好多心事？說給大姊聽吧！」

梁燕輕輕把她的臉側轉向燈光處，愛憐地端視着。瘦弱的身子眞像風雨中曳晃的村的燈星，久了，就覺得有些像沉香了。他又悔懊地想着離村前和沉香的相處，連握她的手也深怕往後的回憶會不堪承擔，才知道那是錯誤的，懦弱的，也許該好好在別離時緊緊擁抱不放吧讓她具體地貼伏胸口吧！就不致於兩年裏愈加感覺陌生，甚至這樣苦苦想念伊，是多情得有失分寸了。

——會不會眞的嫁了？那樣或許更好！是啊！否則見了面，又要忍受什麼樣的折磨呢？兩年了，啊！我眞不再是以前的樣子啊！

——明天回去吧！明天就知道命運了，明天……。

雷電開始轟隆不絕，雨嘩啦敲打窗和屋瓦，可以聽見山澗奔瀉。羅枝雙手扒踞他的膝上，無助地仰望失神的梁燕。他把抱胸的手張開，俯下身，抱住伊的頭顱讓它伏靠胸前。他輕撫她的頭髮，笑了：「嘿，怎麼對我這麼溫柔呢？」

「誰知道？」羅枝讓他抱着，微微聳了肩。就不去顧忌他是什麼樣的顧客了：「大概覺得你是這邊的人，不害怕了。」

「喔？可是我覺得我不屬於這山裏了，妳說妳叫羅枝啊？——羅枝，這兩年我去當船員，在北部的澳鎮。」

「澳鎮？梁燕，你說澳港啊？我家就在那裏，我父親在世時也是船員呢。」

「眞的?」梁燕讓她把臉上仰，撫着她的額頭和臉頰，親切而又怯澀地笑着：「眞那麼巧啊?」

羅枝站起，過去把燈關掉，開了暈紅的壁燈，身子就貼站牆壁，望向側撑在床上的梁燕。他向她笑着，要她過來。

「眞的不回去了?」

梁燕望望窗子，臉又冷肅了，陷入掙扎與矛盾。

「雨眞大，暴風雨，怕是有颱風了。」她緩緩過來，害羞地咬着嘴唇。又踱到窗邊，貼着臉往外望。

只看到玻璃反光裏的梁燕和自己的影像，「你今早從城市來，沒聽說有颱風啊?——我剛才好像聽樓下的旅客談起，但並沒仔細聽。」

「不回去了，眞的不回去了!」

「喔!」羅枝側過臉。雷聲轟隆閃電劈來她向床奔跑，梁燕張開手臂抱緊她。「不回去了，妳陪我好嗎?不回去了，眞的……。」

烏雲厚濃，天空像漆黑的墨，經不起雷電敲打，被兩山苦苦支撑的終於被蛇追過來的狂風整個掀翻開口，風雨交騰，山哭樹嚎，轟轟!雨水從山上傾瀉向燒趾溪，雷電交閃，砂石碰撞，太陽沉沒海中，月光被踢向未知的遠方，天地不久已陷入驚愕的顫慄中，電熄了!可以清楚聽見擠迫的黑暗在屋外摔搏裂折！

「寒月村不知是不是也受風雨所害？」梁燕微撐着身子，在暗中搜辨羅枝的臉龐，「澳鎮必然受害了。」

羅枝按下他的身子，擁抱他，伏在胸口輕輕呼息。「這裏安全，不要掛慮，好麼？——」

「很奇怪，心口澀澀悶悶的，覺得不安，羅枝，聽這風雨響雷，就感到不吉祥。」

「睡吧！」羅枝拂開覆臉的髮，閉上眼睛，傾聽他胸口的喘動。「天就要晴了，睡吧！」

「我希望能看見日出，住在山脚下，要看寒月山的日出眞是難得的，妳記得叫醒我啊！」

「暴風雨呢。」

「會的，風雨會停的。」……

夜裏。羅枝向他說她來這裏快一年了，家裏的債已經還了，可能半年後看不到她了。

梁燕問她：「眞有了身孕了？看不出來呢。」

「三個多月了。一個善良的年輕人的，我知道是他，可是我連他什麼名字也不知道，可是我要這孩子，梁燕，你不會了解女人，喔，你介意了？——」

「啊不，喂，你說什麼不了解？」梁燕輕輕拍她：「我也想要個孩子呢！道理不一樣嗎？」

「同去找那個沉香啊！送你護身符的那個，你說是沉香對吧！很美很怪的名字啊！」

「喔喔！可是我覺得我們被這兩年的時間分開了，她的世界和我的世界不一樣了，總不能憑記憶相處一輩子吧！」

「你多心，伊可以適應的，女人會順從男人的，只要你誠意對待伊，給伊時間。」

「問題在我啊！痛苦的是我啊！過去所記憶的已經割不掉了，但是又無法使自己重新回去那個世界。眞苦啊！這些我很淸楚啊！哈，眞是他們說的去外面受受折磨。喂，妳是不是也這樣？——還要我以後有成就才返鄉回里，眞說得輕鬆的，困難啊！」

「那就不回去好了。」羅枝讓梁燕抱到臂彎：「我也不敢一個人回澳鎭了，總覺得已經欠什麼了，不過，我孩子生下後我就要回去了。」

「我還是要回去的。」梁燕心裏又酸了起來，「不能不給伊一個交代，總是要看看伊，護身符也還她吧！」

「她如果要跟妳走呢？」羅枝衣服隨便一披，在壁櫃找出蠟燭。

「喂——」梁燕眼睛隨火光一閃，聲音亮了：「我會疼愛伊的，眞好啊！我帶伊離開，我跟伊會幸福的……。」

「唉！」羅枝頹喪地翻進床來，用手遮捧燭光：「你們男人，眞摸不淸，愛就愛，剛才還說一堆呢。」

「唉，不能回去啊！回去更痛苦，但是，憑什麼再離開呢？羅枝，總不能一直留在這裏啊！……」

「睡啦睡啦！」羅枝捲起棉被，伏在枕頭啜泣起來。

梁燕一慌，轉過身子緊緊摟抱着她，她閃着淚眼深深吻偎着他。「羅枝，……」感動得幾乎哭了，像一隻痛苦抽搐的獸尋求救贖，「不要責備我好嗎？拯救我好了……。」

屋外一夜風雨。月凋星隱，地暗天昏。但房裏感覺格外明亮，隱微散發着溫暖的燭光曳搖着。梁燕的眼眸反覆在被凌亂張貼的牆壁逡尋，然後回到身邊羅枝嬌弱的身體。馨香的呼息，親切又遙遠。

當感覺一線細弱的光芒從窗口披進，梁燕裸身下床，忍着秋涼跪立窗前，打開窗，雙手顫抖扶在窗沿。

昏暗與亂雨逐漸在冷冷滲透的白裏消褪，寒月山的黑影便在此時愈加鮮明地矗現眼前，却顯得稠鬱不實。再仔細看，在黑暈的軀體外，幾抹帶藍的雲從每個稍有缺縫的地方溢染開來。山就像浮沉的巨掌，忽屈忽伸，忽前忽退。

梁燕關回窗子，替羅枝蓋好棉被，穿上衣服立刻疾奔下樓。

猛力打開深鎖的大門，赤着雙腿衝入風雨中直往近岸斜坡跑！

「天哪！……」

身子貼着粗糙的樹幹，在風雨中哆嗦冷顫，苦苓樹折敗得像半禿而又濕濡的頭顱。二十九年來第一次看見燒趾溪漲滿潮水，如一片滔然大海。溪水從上游狂傾而下，正急遽向海湧退，浪洶猛湍急，但已能看見水底抖動的巨石，一些漂流的斷木從眼前迅速閃過。

天色漸亮，背後的山巒已漸漸顯現樹綠，山澗與溪的交流處冲出一塊土堤，形成一個大漩渦。

梁燕被風雨吹打得臉頰發紫，痙攣，彎着身子測度坡岸昨夜水漲的痕跡，但皆已被暴雨刷洗失去。水退頗快，有如兩座山脈自上游合夾推來，在天整個亮出時已有大石斷續冒出水面。

風雨仍深，自知又無法望見日出。雲岫像從溪底奔上的乳白水霧，膠黏着山脈。

終於逐漸退散滴落，山稜首先露出，雲岫繼續翻灑，往下扭轉滴沉，山巔又突出一段……。像潑灑的白墨，被風所吹被雨所淋，向東退又往溪漂來，向南傾伏復往北凸躍……雲已落至山腰，一大片陡直平展的岩壁像一墩巨牆，幾叢攀抓的矮樹有如斑剝的字訣……。

隱微現出了歪斜的棘樹林，似已被流失大片！……村子呢？田地呢？……梁燕驚愕地要在那些凌亂的坡台裏找尋熟悉的景物，顯得吃力，風雨愈大，視界裏冒出一排飄跳的暗樹，「苦苓，是寒月池的苦苓！……」雨下得大，從髮傾下，他迅速揮拭，但視境仍像幽渺的幻景恍惚不實。一朶乳白氤氳緩緩自山脚向青峭潔綠的岩壁昇起，濺飄開來。他知道，那裏正是寒月池，白霧中隱微閃滅着一叢叢苦苓。前頭稀鬆歪斜的棘樹林又整個不見，墨青的山壁終於隱沒，只存爲一面白濛的雨鏡和渺茫無垠的水波。

是否正坐着船在洶湧的海上航行？暈旋，嘔吐，顫慄，並爲風雨驚怖，一波一浪離開了家，回望無涯，不知選擇何處方位？沒有泊靠的岸……。濕透的身子，像一株孤立的帆桿，雨水順着覆額的髮澆辣着眼眶。猛然醒覺自己已伏跪多時，哭泣多時，雙手緊緊抓捏着膝蓋兩旁的蔓草。

——把整個寒月村都漂走好了，反正我也無法回去了！……回去了還是要離開，我明白我的天眞可笑，這一整夜的暴雨狂風無非是你們蓄意要阻擋我的！

——不公平啊。不公平啊！我聽了話出外努力並且準備歸根故鄉啊！……

「梁燕！梁燕！」

羅枝赤着脚也不管寬鬆的裙裾刷濺了爛泥，傘也歪得讓雨淋到了背，驚惶地呼喊着奔過來。

梁燕撑身站起。拂去臉上的水濕，用手遮住額頭噴灑的雨，眼珠又吃力地要分辨寒月山，却只是一片無法穿透的稠厚雨幔。他轉身，扶起驚怯的羅枝。

「眞要回去？……」羅枝望着洶湧的溪流，心頭像拍顫的岸草，「眞要回去的話，我帶你過去好嗎？我是海邊人，三歲就會游泳了。……好麼？至少，必要時可以扶扶你，水雖不深但很急的。好麼？」說着說着伊竟先哭了起來。

梁燕腰背靠着苦苓樹幹，抱着她，臉伏在她溫存輕跳的胸，先是輕輕啜泣，終於大聲哭嚎起來，風雨附和地敲打布傘，「我不回去了，妳跟我走好嗎？羅枝，跟我走嫁給我好嗎？……」

「啊——」羅枝驚得死盯着他，一個暈旋，丢開了傘，只顧緊抱他。雨水立刻撲得兩人像岸側的蘆葦痙攣纏擺。

梁燕跑去抓往坡下翻滾飛跳的傘，羅枝在背後追，拾到傘後梁燕往回跑，拉着她走向旅棧。樓上的旅客摟着一個女人站立窗前，擺出未解的手勢，相顧瞠目大笑。

靜默但興奮的兩人一小時後換好整潔的衣裳走出旅棧。

羅枝兩手各自提着行李，梁燕揹着背包，右手拎着提箱，左手撐傘，兩人緊緊倚着肩，通紅着眼眶向旅棧的人們告別。大家只是呆呆站立，看着兩人踏入雨霧中，才醒覺忘記探問事情的經過。

一路上瘡痍滿佈。山路塌陷，樹木或連根拔裂，或殘柯斷枝，連呼嘖嘖。想起昨夜屋中一夜燭火，竟忽略夜暗的天地竟是如此凶暴狠戾，怯怯相顧，甜蜜笑了。

風雨已小，走過山巒將爬向落日山脈的彎曲山路時，已完全停歇。此地損折比溪岸的落日村輕微得多。

再經半小時，他們一口氣爬到山峯處的樹蔭裏，接近中午的太陽，從樹叢遂穿下來，細碎幽暗的光暈被青綠的樹影反射得有如鋪攤滿地的月光，路草的水滴星星般閃熠着。

一羣人從遠處喧嘩着迎來。像討論着災情，什麼地方怎樣大難，再再地驚嘆叫奇。

共有五人，兩個挑磚三個挑着水泥，訝異注視他們。最後的停下脚步，想探詢什麼，看了他們手中的行李，轉過身，急忙拔腿迎向前面的人羣。

「落日村沒聽說要建築什麼啊？」

轉過彎，隱約看見山腰下的市鎮了。

梁燕手肘輕拍羅枝，笑了：「喂，妳眞不跟著回去啊？」

「要回去的是你呢。」羅枝羞得咬着唇，汗濕的頰潤紅得有如一片清麗的月亮了。

第三章　上弦月照

再經半年後的一個下午，梁燕帶着羅枝回到落日山脈的山路上。

路徑似已久無人跡，多已頹塌或雜生蔓草矮樹。

梁燕揹了一個大背包，兩手提着兩個巨型皮箱。箱裏除了兩人的衣物還有新近爲嬰兒準備的用品。

梁燕仔細護持着懷了十月身孕的羅枝，脚步雖緩慢却掩不住當初出來時一樣的甜蜜幸福。當他們在澳鎭決定回到寒月村，兩人曾流下濕熱的淚。魚的腥臭海的呼嚎已逐漸遠去，山鳥在陰暗的葉蔭裏叫跳，引他們勇敢前行。

「阿爹阿娘會認不出我了！」梁燕爲羅枝拭汗，說：「每個人都會圍到家門前問妳是誰？爲什麼會跟我來？嘿！枝，妳想我要怎麼跟他們說啊！」

「嗯哼！我就說，說，你犯了錯，我押你回來的！」

「錯囉錯囉，枝，他們知道我是乖孩子，他們會說：喔，你們看你們來看阿燕，在外面有了成就啦，有漂亮的妻子了，喔，過幾天就有個孩子了！阿爹阿娘眞福報啊！」

「他們會歡迎我和孩子嗎？」

「會高興得抱着你們哭哪！」

半年來他們回到羅枝的故鄉澳港。生活雖一如往昔貧困樸實，却有一股暖流圍繞着他們身邊，給予歡喜與幸福。梁燕感激命運雖曾再再折騰但已以漸生的美好暗示結論。可是有奇異的感覺像從那些紛擾交纏的港澳揮襲而來，使這環境顯得陌生驚顫。一則羅枝無法再用死去多時的父母來追探這土地的因緣，這樣的情境是尷尬的。而澳港的太陽熾烈月色被街燈所傷，梁燕在租貸的房子裏懷想着落日山脈的日落與寒月山脈清明的月光。當想起燒趾溪，想起將出世的孩子，鄉愁有若灼痛的石礫引致他驚跳了！「爲什麼不回去！回去那我們不能忘記的地方啊！」

梁燕在寒月村出生而又無奈離開。當半年前他決心返回却又被風雨阻隔他曾痛苦感嘆跪拜。誰知道命運安排羅枝給予他的傷痕憩息，他的想念已有合理舒暢的理由。終於，陌生的海風也慰解他了：你們可以回去皈依自己眞正的故鄉了。

他擁着羅枝告訴她這個訊息。羅枝害羞地哭着深沉地呢喃了：「你願意我走入你最原始美麗的地帶麼，燕？我眞眞感激的。」

梁燕就再再嚴肅地聲明：寒月村是個純潔謙樸而又出色迷人的土地。它用苦楚的方式使他在兩年半後醒知無言的善意，他願意把一切的喜樂帶回去報答奉獻：「讓我們像他們說的一樣，落葉歸根，啊！落葉歸根又長出新的綠樹呢！」

孩子就將出世。他們整理行囊離開澳港。「他將像我一樣幸運，有最樸實美麗的故鄉。我要教他如何長大，學習悲憫，並且選擇最深厚的情意讚誦。——當然，我不必親自告訴他這就是他的故鄉，不管他離去或留住，總有一天他會醒悟。」

「嘿，眞像大學問家了！」羅枝笑着說着却敏感地戰慄了：「燕，你會喜愛這孩子麼？你說的孩子——」哭了起來：「對的他將是你的孩子。是麼，燕，你再說一遍？——」

「枝，他是寒月村的孩子，讓他光榮地在那裏出生。」他安慰羅枝，「我要吃醋啦！枝，我眞比不上那陌生的年輕人麼？枝，不要多慮，知道麼？」

黃昏時他們下了山脈，走過疏密有致，茂生樹林的山巒。雲深，燒趾溪對岸的寒月山脈，只能在飄忽的雲影裏隱約看見偉峭的輪廓。

終於來到落日旅棧，羅枝興奮地挺着肚子要慢跑過去，梁燕驚愕叫住她，「多麼靜啊！」只見風推擁着雲叢，要把夕陽擠落。

「好像人都不在了，小商店和旅棧的門窗都關得死緊。」

在門前端詳少頃，猜測着歲月的遷變。轉往已被草掩的小路上了斜坡，站到苦苓旁。樹已長得有寒月池旁的那樣高了，枝幹下垂幾要觸地，花結滿樹，草地也落了大片。梁燕放下行李，扭晃着酸疼的手臂和腰脊。

燒趾溪仍像往常一樣乾礫，暮風裏正散發着白天的熱氣，衍生的蘆叢撲擁擺顫。半年前風狂雨驟的記憶像一場惡夢。端詳多時，山腰白茫的雲霧裏隱約還露出那排棘樹林，似異樣地繁茂盛聳。梁燕要羅枝也去辨認，但天色太暗了，夕日把兩人的身影推落溪底，拉得瘦遠；閃亮暈紅的暮色已淡去，土坡河床被綿長的山影逐步呑噬。山巒的氤氳飛昇到天空隱入各種顏色交纏的雲朶裏。落日山脈已成一幢墨藍黑蔭，使其前方綿展至落日旅棧的幾峯山巒鮮明着夜臨前的最後俊秀。

「枝，好奇怪，好像這地方荒廢好久了。」

太陽整個沉下，山鳥隱息。羅枝屛息傾聽，「山澗好像也停止了，這麼靜，以前日夜澗水都響呼呼地流向燒趾溪的！」

「一定是瀑布失沒，澗水乾涸，遊客不來了，所以旅棧關門，落日村眞是過去的陳蹟了。」

「大概上次暴風雨使那山崖鬆凸的岩塊崩垮了，那時旅棧的人就猜測說維持不久了。」

「可是寒月村呢，這裏像好久沒人走過了。」梁燕憂愁地探望灰暗的雲叢，此時，月亮從寒月山脈昇起，一抹淡黃光圈被雲霧團團圈圍着，但終也能稍稍從明亮的天空界分山脈綿延的肌浪了。

「很久才出來一次吧。」羅枝焦切地瞭望逆飄雲浪裏的月色。灰雲像把月亮推上寒月山山頭又往西拉過來，一種活潑的形色，只是期待的寒月村的燈光却久久不見。身後，旅棧山巒已陷入深霧，夜暗的落日山脈被遮蔽不見。才稍憂疑間，前頭的寒月山又整個隱沒了，燒趾溪也蒙昧大半，一片灰白的霧氣，使河床看來綿無絕盡。

「我們走吧。」決定間，感動的情愫就把其他疑慮橫掃開了：「枝，妳就體嘗這燒趾溪的滋味吧！很過癮哪！」

拿好行李，謹愼地挪手扶她，從陡曲的岸徑下滑。

「好緊張，好像阿爹阿娘都在棘樹林那裏等我們了。——燕，你說棘樹林。是嗎？」

折騰了半天羅枝總算全身潔淨踏到了河床。梁燕拉住她！

剛才只知前眺後顧，竟疏忽坡岸上有一座土地廟形狀的建築，蹲坐苦苓樹不遠的蘆叢旁，紅瓦，土灰牆壁，正對寒月山，張攤着月光與夜暗，冷肅神秘，端視仰臉的兩人。

「是什麼啊？新建不久的。」兩人怯怯退後，彼此緊拉着，仰高了臉往簷內瞭探。

「樣子不像土地廟呢！像供什麼祠位的，有座碑石，太遠太暗，看不清哩。」

羅枝雙手扶着肚子，剛才仰得太久有點難過，「記不記得？上次我們回澳港，在山路上碰到四五個人，挑着磚石和水泥的？」

「嗯嗯！記起來了！」既好奇却又被它的陰沉靜肅所駭，才跨前一步又縮回來。「算了，回去再問阿爹就知道了。」

從提箱裏拿出兩條毛巾，替羅枝綁在額頭，自己也縛綁一條。

「風像推着我們前進，要我們快些到家呢。」

「月色好亮啊！燕，霧看得清清楚楚，眞像透明蟬衣，你看，溪石也發光呢。」

「上弦月哪，就快圓了，枝，就差那麼一層皮而已，哇！到家時剛好就圓了！」

風吹蕭颯從背後推擁，砂塵飛揚拍撞散蹲的溪石如牙床顫慄搓磨；散生的一些蘆葦變成弓狀，咻咻咻對着夜暗叫吟！霧更濕冷如萬千兵馬奔騰叫喝在團團圍困中交旋翻舞，羅枝幾次因害怕而驚叫，愣然回望四周的漆暗。梁燕手指天空散渙光茫的月亮，聲調拉得悠悠長長，讚吟道：

「月光遍照日光臨，

神明擁護保安寧。」

羅枝站穩身子，拂去臉上的霧水，也跟着對雲端飄飛的月亮讚吟。

「上次我出來時，四周一片暗，每次回頭就看到寒月山像一隻巨大無比的黑獸，像從背後追趕我！落日山脈只有朦朧的輪廓，山背後虛幻的細微燈暈多麼不實在，可是又不能不睜眼對着它走，害怕時我就吟誦這首讚吟，可是一開口聲音就被呼吼的風掩蓋了，枝，就好像那些蹲伏黑暗中的石礫和蘆葦張大着口馬上把一切都吞掉了！」

「月光遍照日光臨，
　神明擁護保安寧。」

月亮先是升自寒月山，兩人偏近村子時已飄至溪上方，細弱的身影蠕動於脚下的石礫間；漸漸往落日山脈挪去，黑影已前移眼前蹭跳。

幾次梁燕抱着羅枝藏蹲亘石後休息，解下額頭的毛巾，拭擦臉上的霧濕。

時近午夜，漸能看淸映現青光的那片笠狀亘寬山壁。

「那條閃着亮光的泉瀑下方就是寒月池！」梁燕要羅枝轉過臉面對月光，蒼白而像突然憔悴老去的臉，愛憐地端詳着：「眞叫妳辛苦啊，可是就要到了，喂，枝，孩子是不是開始興奮大跳了？」

「我眞要恨你了！」羅枝就扶着肚子側側腰，「剛才踢得我痛出淚來，你却只知愈走愈快！」

「我跟妳說啊，枝，記得有一次，對對那時好小，讀小學的時候，我放暑假回來，跟着沉香在苦苓樹旁捉迷藏，看到月亮竟糊里糊塗走下去要抓了！」

「結果你死囉？」

「哇！沉香就大哭大叫，阿爹跟一些人都跑來了，我就又活過來啦！」梁燕對着山壁望，拂開眼睫遮癢的霧濕：「眞冷，寒月池眞冷，在那以前還沒人敢下去過的。父親說，那池底下一定是千年冰宮。」

「你說藏了一頭大蛟龍啊？」

「白色的！後來我和沉香再也不敢太靠近池邊了。可是從此村人就開始到池邊垂釣或捉捕魚蝦了，哇！什麼山珍海味也比不過那滋味的！」

說着說着羅枝驚叫起來！一排樹的暗影黑虎虎橫仆在白茫的山壁前。

「棘樹林！到了到了！……」

羅枝心跳劇烈，風聲已減小，她低着聲音說：「燕，碰到沉香時，你怎麼說？」

「護身符我掛兩年半了，還給她，我眞會感激一輩子的。枝，妳不要在意，我跟她是純潔的，妳稱她妹妹好嗎？」

「如道啦！我跟伊說嫁你不好啦！壞人啦！」

午夜了，月亮等雲一退便將圓全。

棘樹像久無人砍伐，繁茂雜亂地擠滿整排坡堤，有的已垂仆河床，果核斷枝落攤滿地。褐色的枝幹細長伸入暗青的霧氳裏，黑影隨風[糸悉]刷[糸悉]刷拍擁，像困倦的莽蛇翻轉着身子。

粱燕爲這異樣的蕭索憂懼，喃喃嘀咕。猶記往日，在這裏便可聽見水渠與田間的水流，雉鷄和青蛙的夜鳴，也可微聞寒月池的泉瀑聲。風聲已退在背後呼吼的砂石裏，月亮寂寂高懸。

安慰羅枝，仍止不住心的驚跳，彼此的聲音都顫慄細弱了。找到林叢間猶存留的一小道路徑，屏息進入樹暗裏，扒着身子，騰一隻手拉着羅枝直往上爬，幾次手冒汗差點滑落。眼睛嚇得半閉，慌忙要拂開遮垂的枝幹。

霧深，只能望見五步遠，月光像只照着這小圈子。身上一上伸，剛被逼阻的暗所嚇，又驚愕以前的田地已被蔓草偃埋，眼一昏顫顫畏退，撞到羅枝，慌張閃避踩到斜露出的樹幹，縩綷的折裂聲，棘樹果核嘩啦啦瀉落身上來！羅枝嚇得哀叫，嗆驚得湧淚。方才河床裏的霧並未這樣深厚，卵石也光白的，出了棘樹林，竟暗深得這般驚人。

倒是咬緊牙瞠目再看，方才明明是半人高的蔓草，仔細瞧了瞧，却是長得豐稔的稻穗，再聽，水渠還細細流潺着。……再聽，納悶得冒了疙瘩，山籟蛙鳴哀嚎四竄，整個寒月村像陷入可怕的襲擊而驚於逃避！……想了想，村子所有的異變像是因爲他和羅枝的到來。——才兩年半！眞那麼長遠啊？或者知道羅枝是陌生的？……

稻田隨着脚步隨着月光展現開來，幾次仍以爲是一叢蔓草，憂慮地猛眨眼睛，想問屏緊呼息的羅枝，覺得她的手抖得厲害，眼再仔細一望，是稻田啊！是月光下眨着波紋的水渠啊！仍淸淸地流潺下來啊！……

「燕，」一聲音抖顫細瘦幾乎不能聽淸，「好暗，月亮不是快圓了嗎？好暗好暗啊！……」

「霧太深，沒關係的，別怕，山裏都是這樣的。」

走到村路來。潮濕却乾淨，看不出半個脚跡。

在稍爲斜坡，將要沿寒月池兩旁分叉的路口，霧向前散開，月光冷冷地舖往寒月池。眼一抬，看着高大的苦苓黑暗的樹幹後，池水正泛着月光，苦苓花微微飄落傳來暗香。心抽搐着，這幽冷的水月經沁了他離鄉每一刻時光的憂喜啊！

遲疑地停下脚步摟着稍爲安息的羅枝。

家在苦苓樹前舖有卵石的小路轉過卽到。却顯得暗冥不清。倒是池岸泛着幽青的月色，心裏就這樣想：繞着岸從家後院囘去吧！

才想着，抬頭，又看到上方泛着水波的山壁。剛才進入村子只顧留神眼前的暗，竟忘記去留意了。那閃熠的微光和以前一樣親切神秘，像可愛的佈示寫着歡迎囘來歡迎囘來。再看天空與幽幽倒懸水中的月光，梁燕寬弛開來，心一暖眼眶濕紅了，轉過臉對緊偎着身子的羅枝說：「看到了嗎？那月光。這就是我說的開紫白小花的苦苓樹岸，那月光就是寒月池，枝，那後面是泉瀑，呀！泉瀑呢？……」

羅枝尖喊：「燕——！有人啊！……」眼嚇得閉起手指過去又趕忙放下摟了他，身子像潺流的水輕顫眼眶冒淚全身冷汗，「是個女人，正看着我們……」

梁燕幾乎昏厥倒地，屏緊呼息牙一咬臉猛轉過去，心一酸，驚痛有如突然翻落冷池裏：

「……沉香！……」

沉香仍像以前長髮披肩，蛋型白淨的臉，瘦長樸實的身子愛穿過膝的素色洋衫，可認辨出淡綠，在月光下有如幽冷傳說中的女神，臉上泛發一種帶青的白，不苟言笑却能看測纖柔深情的眼眸。

「沉香！」對着靜默端望他，顯露嚴肅哀淒的沉香輕喚，梁燕驚喜又悚慄擠出困難的微笑，拉着羅枝要向明亮的月光人影走去，「我是梁燕，我不是回來了嗎？……這是我的妻子羅枝……，沉香，這兩年半妳可好？……」

眼前感覺的果眞是回憶裏愈形陌生的沉香啊！歲月眞是冷酷無情的。他後悔，他應該在離開前熱情擁抱她，讓一切年輕時的情意或哀怨或溫暖悲切皆來得實在！

霧似乎完全散了，沉香與寒月池在他逐步接近時青亮開來，山壁也整個攤陳般。他無法去留意，感覺還欠缺着什麼……啊，是水瀑嗎？泉瀑還瀉流着嗎？……「沉香，記得我嗎？……」已接近了，羅枝嚇得閉着眼任他拉，只有五步遠……四步，「沉香……」感覺胸口護身符輕貼的微溫，心動得用手緊緊貼撫着。

「梁燕——」沉香終於開口了，天哪，天哪這重逢的第一句話多像撩撥池水的手指那般寒涼啊！——

「沉香，」他想起愛戀這過往的恩怨是必須交給命運了。心一橫，放下了行李伸手去拭眼眶的濕濡：「沉香，我回來了，像村人說的，落葉歸根了！」說到最後還自嘲般輕鬆地笑，「沉香，妳說我一定會回來的，妳說的對啊！我們又重逢了又重逢了，沉香？……」

「你食言了！——」沉香竟然哭了，那細瘦幽怨的輕吟與水波山壁相碰撞。——眼一抬眞得看到暗青發亮的山壁了——眞沒有泉瀑嗎？——「梁燕，你食言了！」

「可是，沉香……」

話未說完誰知純靜善良的沉香臉一橫手一伸撲了過來！揮開他輕挽着羅枝的手，冷，一股冷使他寒噤！眼張開伊已站正身子向嚇得張ロ香舌背對着寒月池一步步畏退的羅枝趨近：「是妳害的是妳害的！……」五步、四步、三步、眼看驚慌掉淚欲哭無言的羅枝就要踏入靜偃草坡的冰冷的寒月池，梁燕立刻趨身過去，先是輕拉伊的衣襟，輕喊着沉香啊沉香，「當沉香的背影仍兀自透着暗綠往前趨走，他忍不住心悸與激情叫喚沉香並且熱淚盈眶從背後橫抱住她！——啊啊沉香……想起分別的夜晚也曾如此擁抱却又立刻分開，啊啊多後悔那羞澀的分別啊沉香溫柔的沉香妳可知道？……

沉香終於緩緩停住，輕輕回過頭望他。多哀怨的神色啊幾要出聲啜泣了，而那月光裏發青的眼瞳要傾訴什麼呢他尷尬的擁抱天哪竟是一股冰冷啊沉香沉香我日夜依眷的溫柔呢沉香妳的溫柔呢？——誰知驚愕間沉香已奮臂一掌，冷！刮在他熱燙的茫然的臉頰！他驚慌蹭退倒仆在苦苓樹幹前露濕的矮花叢裏，雙掌滿滿壓黏着萎落的苦苓花！

沉香又轉身向羅枝逼近眼看兩步就要濺絆樹枝滾翻水中，「沉香！」跑上去凶猛抓拉她忍不住悲慟淒聲嚎喊：「妳變了天啊沉香妳中了邪啊她是我的妻子啊！沉香！——」沉香抽搐落淚回頭稍有遲疑又揮來一巴掌！冷白的手伸向月色在水影閃瞬青光！「妳是鬼還是人啊沉香妳——」

梁燕驚顫抖跳幾要昏厥不敢正視那閃着寒光的秀靜的臉情柔的雙瞳！

「死也是爲了你啊爲了你啊——」哭了哭了沉香哭了聲音在水波與山壁間碰撞沉盪，多麼哀慟幽遠眞像傳說中寃屈無告的女魂闇夜的哭訴啊！「就爲了我啊沉香妳？……」話未說完心一割雙眼酸痛四肢顫晃啊啊輕吟向幽暗的樹幹碰撞仆翻草地。

他感嘆命運怨恨別離的無辜！天哪美麗的沉香妳何苦如此？梁燕何忍讓妳寃屈讓妳折磨啊？沉香沉香！……

「梁燕啊救我梁燕啊——」羅枝大喊！「梁燕她是鬼，梁燕把護身符拿出來——」……救妳是嗎？枝，我知道的我會的，可是沉香她竟爲我死呢妳說如何令人不哀嘆呢？護身符她的信物她溫存的心意。唉我該不該後悔爲什麼我不堪寂寞不堪折騰呢枝？妳問沉香好嗎問她我該怎麼辦好嗎枝？……

「梁燕！梁燕啊！——」沉淪間猛被這尖叫一撕身子從樹幹彈出，手發抖雙腿顫慄！天啊沉香不要推她不要推她好嗎她是我不幸的妻子啊！……天啊！還有我的孩子我的孩子！……羅枝雙腿已斜淹水草裏，沉香雙臂平舉手掌怒張像要把月光捏碎！

梁燕滾扒撲去伸入胸中的右手在擡上地面時幾乎折斷，用力拉開了那銀白閃亮的鍊子已褪色的護身符像一道絕情的刀，劈砍過去！——沉香回頭「啊——」聲音未絕撞上岩壁身子在月色中碎裂翻飛閃成一條黑影倏然擲過羅枝沒入寒月池中！……

寂靜啊寂靜水波月影依然兀自仰躺無言，羅枝臃腫的身子已撲攀他的胸懷嘶聲哭嚎！

倏然什麼喧擾轟轟從四面散擴的霧中澆撲過來？——啊！泉瀑！……

一道銀白的絲帶從山壁的青藍裏幽幽瀉開，像歡喜無憂的聲音正與月光雲霧及飄放暗香的苦苳花歌舞讚誦……。

梁燕閉上眼睛，摟緊伏胸低泣的羅枝，靜靜聞聽這故鄉的夜，熟悉的有一份濃情的霧濕輕靄飄舞，二十多年就像一場似幻實眞的夢，這是如何哀怨動人的土地？……輕輕地流淚，沉思，梁燕半睜着眼，讓溫柔的月光撫摸他的愧疚與孤獨！

羅枝仰起臉來，端視他無言的慘淒。兩個人像委屈的孩子，啜泣落淚默訴彼此的無辜。

「囘家吧，囘家吧……」

霧在眼前散開，苦苳樹像久候的人羣靜默站立並以飄飛的小花歡迎他們。提着皮箱，兩人前後探望，脚步羞怯又掩不住焦慮與驚恐。霧裏，隱約在蔓草野花後的竹籬內，數株長高圍繞着的枇杷樹中，草茅幽幽照出晃搖的暧色燭光。

「啊，到家了，到家了！……」

燭火確實亮着。一切顯現着神秘的歡欣，不捺燈泡點燃燭光是有其幽微的心情了，這樣不露聲息靜思他們如何自月色中踏霧歸來。等候已久了吧，必是早已聽聞他們的脚步或有人預先通報的。羅枝和他相視微笑，使着眼色：喔，輕輕喔。……

從枇杷樹下穿過。鮮黃橢長的果子吻着水露，梁燕停住要放下提箱摘取，羅枝嘟嘴擰了他，要他趕快繞到前院，還皺了眉，指着挺伸的肚子：「痛喔！他被逼急了！」

梁燕耳語：「生個孩子，阿爹阿娘會樂得年輕兩歲！」

梁燕把行李放到碎石路上，發出幾句綣綣。羅枝靜立，看他穿經糾纏的枇杷，在成列檳榔樹間的木門前，擧起拳，回看她一眼，抿嘴頷首，叩！叩！叩！月光把晃動的手影畫在木門的肌紋上。啊！月光，從草茅從檳榔樹與枇杷樹穿射下來的，與屋內透出門縫的燭火，蒼冷而又溫暖地交融了，像夜霧裏他們緊張焦慮輕呼着白霧的馨息。風都靜止了，細脆的泉瀑聲悠悠的水渠流潺……，他叫羅枝站在原地不用焦躁，擧手，叩！叩！叩！叩！……「阿爹？……阿娘？……」

冷風倏忽一吹，卡，卡，卡，門翻開了！「阿燕——」

母親從燭光處像一株暗影向月光撲伸過來，父親從燭光處像一株暗影向月光撲伸過來！

「阿燕阿燕——」

梁燕熱淚盈眶了，「阿娘，阿爹！——」

哭着笑着，「我回來了！回來了！」心一酸雙膝一軟仆跪下來，「阿娘……阿爹……」連忙回頭指着也不勝感動頻頻拭淚的羅枝，「伊我的妻子，伊，羅枝，澳港人，伊快生產了……。」

梁燕仰高臉眼珠在矗立身前的父母間轉眺。透出渴求的神色。

「好！好！眞好！」老人招呼羅枝過來：「我們滿足了！滿足了！……」

羅枝被這一切感動得忘記腹中孩子的踢打，噙着淚走來，「阿爹！阿娘！」害羞低下了臉望着歡喜快樂的跪仰的梁燕。

嚴厲的父親跟着母親只顧站在門檻後流淚，喃喃感嘆。像有一道冰冷的界溝隔開想像中重逢的熱摯。梁燕苦楚於歲月如刀切割血脈，眞眞酷冷陰狠啊！不自己地搥打着朽敗的門檻。

梁燕站起身跨進光亮的屋裏，討好地要扶老人家入內，兩人慌張搖手已兀自跨出門來，「外面空氣好！外面空氣好！」

羅枝一直忍着腹痛忍得淚猛落，梁燕驚覺連忙扶她到房內他以前的木床上。被褥整齊，似曾仔細清理過。要到屋外把行李移到晃搖的廳內，父母已幫他提到門檻前。

心疼於父母面色死樣的蒼白，想或未睡足及霧濕月色所浸濡。忍不住重逢的激騰，看兩人精神仍佳，便請求同坐到枇杷樹下堆聚的木頭上。

多麼急於訴說別後的日子，返鄉的波折，以及羅枝他溫存的妻子。一切過去的暗疤衝突應該是可以在歲月裏淡化的，他確信父母會光榮於他對待生命的處斷他的選擇，因爲他們沒有反對的理由啊！過往他已聽從他們裁判受盡酸楚，他無愧於責的。

思緒紛雜，霧色與月光雖曾熟悉但此時仍無法推開那一面陰愁，恐懼着沉香是否突然從背後緊抱他的兩肩，他害怕想起她，一切等天亮再仔細思省吧！……不知語從何起，父母一直靜默端視他頻頻流出感動的淚，似還憂慮他會再突然失去般，或者感覺陌生了？梁燕忍不住哀慟噙着淚怯怯地問：「我回家，希望你們能體諒……？」

「好啊好啊！傻孩子！」父親竟也熱淚盈眶了：「還好你終於回來了！我們等你整整半年了！……」

「結了婚阿娘就放心了，香火也有傳了！我們滿足了！」

「本來我向沉香說——」心中猛猛顫慄慌張窺索四周的霧影，「說兩年後會回來，我就眞的回來了！可是大風雨燒趾溪水漲，我就回去了，我和羅枝——阿爹，沉香伊——」心酸，刀橫切直裂般。

「伊等不到你，伊等你整整兩年，念你……」

「你說要回來沒回來，誰知道伊就跳寒月池去了。」母親抽搐着，淚水閃着青綠的光芒，「那晚大風雨，村裏有人遠遠看伊跳水，大家冒雨去池邊叫伊的魂，叫伊回來，池水湧漲像蛟龍翻身，沒人敢下去，只一直喊一直叫，風和雨大得看不清五尺，我在寒月活五十幾歲第一次遇到，山壁都要崩落了，地面震動，大家哀叫，我和你阿爹焦慮得在池邊跑我好幾次被斷落的苦苓撞傷，我們知道伊是爲你去的——，你阿爹橫心決意下池撈伊，我想阻擋也不敢，就眞的跳下去了，等眞久還沒有撈到，你阿爹一直喊冷喊冷！就在那時，天啊！山洪暴發了！大水從山壁衝下來，海水倒灌，大家失聲慘叫已經太晚了，大洪水已經把寒月村整個——，趿數啊趿數啊！要感謝天啊那日你沒回轉啊！……」

「感謝神明保佑，我總還能看到阿娘阿爹你們，感謝神明啊！」梁燕說着，低聲吟讚了：

「月光遍照日光臨，

神明擁護保安寧。」

「阿燕不要唸！——」父親哀叫，母親也跟着痛苦抽搐！

「燕啊！——」驚叫間屋內羅枝的呻吟突然冒出一句叫喚，傳來鳥鳴般悅耳的孩子的啼哭！

正驚愕地在月影中端視父母的梁燕立刻躍起衝奔入屋。

「神明擁護神明擁護……」梁燕興奮呢喃，立刻跑出門外，對月霧喊：「羅枝生了！男的！

我還沒聽說生孩子這麼順利的！」又轉身躍入房內。

父親母親此時流淚對望不語，瞬間飄然立起身影閃入霧中分別向碎石路兩旁奔去！

蒼白泛着暗青的霧網裏兩句細瘦幽怨的呼聲在寒月山壁與寒月池的水波裏擦撞泛颺，並且嗡嗡回鳴：

「我的阿燕今晚回轉了！阿燕的媳婦生男子了——阿燕的媳婦生男子了——」

聲音孅柔悠長掠撫山壁，脆亮的泉瀑幾乎把它掩蓋了。不久，全村各處響起老幼男女的呼聲，從寒月池四週隨着泉瀑與輕灑的微紫的苦苓花在月霧中飄盪開來：

「阿燕的媳婦生男子了——」

「阿燕回轉了——」

「阿燕的媳婦生男子了——」

梁燕在房內抱着羅枝又抱着孩子，裂嘴哈笑：「枝，我說過同村是對的，祖先保護妳生產這般順利，簡直奇蹟啊！——」

「燕，好奇怪好奇怪啊，像什麼在幫助呢，我差點不知孩子已順利生了，很白胖很可愛呢！……」高興得通紅着臉竟起身坐立床緣抱過孩子了，梁燕要阻止她，她頓住——「你聽你聽外面什麼聲音好淒涼啊！眞像鬼魅哭嚎了，你聽——」

「阿燕的媳婦生男子了——快來看喔——」

「枝，快穿好衣服，全村的人都要來看了！」梁燕抱回孩子，從皮箱翻出美麗的小衣裳慌慌張張爲孩子披好，「阿爹阿娘這麼高興！天還沒亮就急着把大家叫來了。」

「好緊張喔！」

「村裏風俗這樣，誰家生了孩子，就會興奮通報一起圍來看，有的還七嘴八舌地要替孩子取名字呢！」

才踏出屋外，兩人嚇住了！院前碎石路已站滿村人安靜無半點聲息，要圓的月亮奮力穿過霧層在每個人臉上泛寫蒼白的青光，每隻眼瞳焦慮地凝視梁燕手上裹緊的孩子。

「感謝祖先擁護感謝祖先擁護！寒月村代代不絕，感謝祖先擁護祖先擁護！……」

「感謝祖先垂佑感謝祖先垂佑！——」梁燕要羅枝跟他跪下讚吟。

父母從人羣裏閃出，說：「阿燕，讓孩子給長輩們看看吧！大家等半年了。」

梁燕要把孩子遞給母親，母親高興迎前手臂張開，他的父親一急出聲大喊：「糊塗鬼！妳要害孩子啊！……」連忙低下頭來：「阿燕，妳母親老了她較粗手，你自己抱給阿伯阿叔大家看吧！」

梁燕納悶，人們忌諱着什麼的。仍把包巾打開了。

「喔！祖先擁護祖先擁護——」

人人眼中眩晃感動的淚。淚影在孩子稚小無憂的眼眸閃着光。

人人讚嘆，拭淚，有的婦人還縱情地抽搐、哭嚎，哀唸自己離村未歸的孩子。

「取名寒月吧！」

「對對取名寒月！」

梁燕父母隨在身後，目不轉睛地留神嬰孩每個小小天眞的抖動，笑着流落滿足的淚。孩子似受驚過甚竟忘記哭嚎，只對月光下的身影轉眩目珠。

「祖先擁護啊祖先擁護啊，代代不絕代代不絕啊！——」聲音逐漸喧躁，或兀自哀嘆或相顧讚吟，月色裏夜霧翻湧有如激喘的泉瀑奔跳於池波。

羅枝偎依門樑上，被這景況激動得顫慄不止，頻頻搖首，還以爲是夢，這般溫切不實。

正當大家從原先的沉靜擁圍到枇杷樹下，一抹黑青的身影從碎石路閃來又疾疾退隱暗霧後的田疇，一句淒厲的叫喊從紛飛的月光飄來！

「那男子不是梁燕的嬰孩不是梁燕的嬰孩！——」

人羣驚訝轉身！梁燕在黑影閃逝的瞬間已瞥見那是沉香，嚇得抱緊孩子右手已伸入胸衣內！羅枝失聲哀哭衝來緊緊抓住他的手臂，喃喃發抖身子暈轉：「……他們是鬼他們都是鬼……」

果然，喜悅與感動的讚嘆瞬間碎裂成可怕的冷可怕的靜默！

大家喧嘩了哀哭與怒罵聲在翻騰的身影間撞響！

「阿燕，是不是眞的？——」父親怒喝！

「阿燕，是沉香，是沉香啊！伊不會害你，我們都不會害你啊！阿娘問你，別怕啊！你是不是受這女人騙了，阿燕，沉香不故意害你啊！——」慈藹溫存的母親也哭叫起來。

梁燕嚇得怔楞！猛猛退撞門壁，枇杷樹枝刮得他的頸子一陣抽痛，熟透的果子跟着紛落於暗青的碎石上。

「他是我的孩子！」梁燕大叫！「他是我的孩子！你們不要害我們你們這些鬼回去！」

「騙人——」父親衝來他要驚惶閃避但已被猛力一巴掌！冷——母親閃來把父親拉退。

「是我的孩子！」梁燕驚恐不知是否正處於噩夢中，哭着，像受寃屈的孩子疾聲辯解：「羅枝是我的媳婦，她的孩子就是我的孩子！——你們都死了，你們要體念在生的人啊！……」

「怨嘆啊怨嘆啊！……」人羣又喧嘩着，指點着，顯露不可拔止的痛切。「等半年是這般結果呢祖先啊祖先啊——」

「趕走啦！趕走啦！寒月村甘願斷種萬不能用壞種來傳啦！——作孤鬼好啦！作孤鬼好啦，……」村人哭抱成一團黑。

梁燕抱着孩子和羅枝，如陷入驚悚的夜暗裏，又突被日光射襲，冷汗霧濕交纏。想起兩年前離村時決絕的心意，正像這愛恨憂怨，爲何又回頭咬他，並要無辜的羅枝與孩子承受這疼痛！怨恨這生養的土地這折磨的村人，怨恨沉香伊的深情伊的絕情！

沉香的身影又在月霧一閃：「那男子不是他的不是他的！——」

「沉香啊沉香啊妳出來妳出來啊——」他哭喊衝去但人羣像嚴冷發青的岩壁阻擋，「爲什麼這樣折磨我啊！我爲妳所受兩年的苦還不够啊？天哪！……」

父親母親和村人已是一羣如何也不能不承認的冷酷無情的鬼魅，挪移身子目光凶冷射向開始哇哇驚哭的嬰孩！羅枝再再昏厥倦弱的臉痛苦痙攣死攀着梁燕與孩子，三人像凝蠕的氤氳被陰風所恫嚇，步步畏退！啊呀驚喊撞上了默立不語的檳榔樹，身子連忙翻轉撞得枇杷紛落！滾入葉蔭幽暗裏，幽冥的月光與亂影隨着羣鬼仍輕輕逼來！慌張後轉往家後方向寒月池奔跑啊——！

誰知鬼羣像稠密的霧永遠在目光所能及的身後跟着！當他們滾掠過開着各色野花的草叢聽到

泉瀑像哀婉的偈讚咚咚敲起水面似圓未圓的月亮並聞及苦苓花的暗香！眼看緩緩飄撒的白花隱沒朦朧的霧暗裏，驚慄抖顫冷汗噴冒忘記命運的過去現在的姿勢是如何一種暗示？啊啊沉香善良溫存的沉香伊的深情伊的哀怨，正是這冷不可測的寒月池幽詭藏伏背後，等候他們翻身墜落並將歡呼舞蹈用伊的美麗！啊啊啊！

「阿燕——」母親喊：「不要驚怕！孩子啊你不用驚怕沒有人要傷害你啊！阿燕啊阿伯們不會傷害你的你不要怕成這款樣啊！——」

梁燕拉住羅枝嘗試停步。可是鬼羣仍一步步逼來！……

「摔開他們啊！——阿燕聽阿伯阿嬸的話不要當村子的敗類！阿燕啊聽阿爹阿娘的話啊！——」

「伊是我的媳婦我的兒子啊！」

「不孝！」

梁燕被這一罵那驚伏心中的哀慟像奔墜的泉瀑使他瞬間已像飽受冤屈的孩子崩敗落跪：「求你啊！求你們大家啊！阿燕有我的苦衷！求你啊當初也是你們逼我出外的啊！——」

「誰人知你會變得這款啊？誰人知你這款軟弱啊！——」

父親噙淚，「好好，伊是妳的媳婦我們不去怪伊好好！」轉臉徵求他人同意，有的終於頷首憤怒的臉轉露悲傷與同情，「但嬰孩是不乾淨的你怎能把他帶來寒月村啊！阿燕你眞糊塗你眞糊塗啊，太使我失望啊！你要知道這半年來我和你阿娘和村裏阿伯阿嬸大家是怎樣等待你啊！還有沉香伊爲了你啊這份情你怎麼還啊！你叫我大家如何瞑目啊！──」

「伊用我送伊的護身符傷我！……」沉香從背後的池裏喊，梁燕臉一轉黑影已驚慌遁失池中。

「阿燕聽到沒有！──」霧裂散鬼輩飄開一個個像靜蠹的苦苓樹分立池四周包圍過來，「孩子給我，我們不能侮辱到祖先知麼！──」

梁燕咬緊牙根，這是他最後的抉擇。他知道，他深厚的愛村子深厚的愛被不可抗拒的岩壁所切割、碰撞！兩年半來他浮沉矛盾的苦痛與喜樂只在命運裏凝成一句感嘆，他體悟一切的無奈缺憾必是命定必然不可拔逆！他失聲哭喊跳起纖跪抖顫的膝！

「我要我的孩子！──」聲音衝過所有青冷的霧暗，從岩壁與泉瀑同聲奔廻：

「──我──要──我──的──孩──子──」

「不孝子啊──」

父親閃熠凶暴陰冷的他所熟悉的目光！村人以過去一樣嘲諷的觀望神情飄聚四週！所有的愛被霧完全隔絕現在他們摘折熟黃的枇杷向他向羅枝向孩子擊打過來了！

「我有自己的權利我有自己的權利啊！──」梁燕呼喊閃身淚流滿面！疼痛與驚恐在羅枝暈撞草地的一瞬被怨恨所凝結！「好好我作不孝子──」

梁燕身一折從頸間掏出汗濕發熱的護身符半閉着眼向霧冷衝喊過去！「神明擁護神明擁護！……」

「啊啊啊啊啊啊——」

黑影像翻攪的霧突遭猛風逼襲頃間已一層層凝成驚雨噴濺退散！「……啊……」哀聲完全被幽冷的水影所呑沒。

月亮依如澄明的鏡懸傾遠處山脈，寒月池與靜默擁偎的山壁俯仰對視；泉瀑兀自泣嘆哀訴；苦苓呼着暗香輕盈飄撒細紫的白花；水渠潺潺奔流睡臥的田疇。梁燕終因不勝驚恐與虛弱雙目死瞪月光抱擁失神的孩子與羅枝暈厥仆倒。

第四章　月光遍照

霧已全然退去，午夜的天空清澄明澈，月亮掛立落日山脈上頭，墨黑的山影上，白色雲浪迎月飄湧，月光如探射的燈盞疾奔過來把苦苓樹羣的陰影拉長舖寫於晶瑩的池面，寂寞眨動，寂寞疏展天地對望的無奈。

梁燕隱約聽見孩子的哭聲。從淵沉的悚慄驚心的夢中醒來，啊啊地對着撫射的月光感嘆了。撐身躍起。忍不住辛酸，眼眶湧盈着悲痛的淚。一切的際遇在靜寂裏攤展復於靜寂中死滅。

他在淹草的池邊靜望自己青藍無神的臉顏，努力要回想所有飄閃過的寒月村的歲月，却像水波一樣冷泛不實了。倒是盈圓的月有如嚴厲的鏡從天空與池底擁照他的愧疚他的哀慟無言。

如果生命的風雨興衰果眞有它自身的尊嚴，梁燕願意泊止在可靠的岸謙誠跪懺並爲水湄的草花歡喜詠讚。

輕輕捧起一掌水，熟悉的冷刺。爲羅枝擦拭顫跳的頰，爲孩子揩去額上的萋花。

三人抱成一團，哭着，喃喃勸慰這深晚夜色的冷漠。

「月光遍照日光臨，

神明擁護保安寧。」

羅枝嚶婉低泣，梁燕望着孩子，低喚着：「寒月。」

「枝，剛過午夜，我們趕回落日村吧！」

「啊！月圓了，月光這麼光明啊！」

「阿爹阿娘他們回去了，回去他們的故鄉了。枝，生的死的果眞要永遠承伏哀怨嗎？走吧！枝，我們離故鄉寒月村吧！……」

他們繞過枇杷樹回到屋前，屋內的白燭仍兀自閃爍，他摟着畏怯的羅枝進去把行李重新裝好。

出來時，他說：「枝，阿爹阿娘在我離家時，要我記得回來吃枇杷，妳看，眞長大結實了！」一伸手去摘取，感覺露濕就像父母含淚的眼。他摘了一袋放入皮箱。已是熱淚滿眶了。

「走吧！離開家吧！枝，我們走……。」

沿緣月光下的卵石路走往從寒月池水渠延伸下來的村道，經由水田，還頻頻回顧背面苦苓樹後嘩叫閃耀的泉瀑山壁。一面憂慮着村人突然飄臨，又希望能再見沉香和父母一面。

到了棘樹林前，他把行李和孩子放到地上，要羅枝也跪下。

「梁燕，羅枝，寒月，向大家告別！」

他痛哭失聲伏仆露濕的草蔓，羅枝拉他起來，「走吧！去爲寒月找個他喜愛的故鄉吧！走吧！……」

月圓懸飄落日山脈山頭的飛雲裏，山脈暗藍但其前方秀麗的山巒在夜裏光潔如臨眼前。可以清楚看見岸旁的苦苓與祠廟。月從背後推擁他們對着它前進。燒趾溪有如光麟的白色蛟龍靜靜躺臥。背後，寒月山脈似已沉沒於深遠的霧雲裏，村舍田疇似乎只是一片曳搖哀嘆的蔓草，發青的山壁有如傾覆池中不見。

一路上他們未多言語，倦弱使羅枝多次幾要仆倒，但月光下的寒月迷人的臉顏鼓舞她前進，且恍惚感覺一羣黑影在前方引導着他們。逝去的像一場惡夢，却又如此實在。而月光正明，太陽亦將來到，前方的未知是可靠的依藉。

走到中途燒趾溪開始微雨。風在寒月山尖凸的峯頂後方的天空翻湧，不久該處已是傾盆大雨使月色染得一片白濛，寒月山像探出頭的青色巨獸，就要向落日山怒吼奔來！梁燕要羅枝儘量加快脚步！

近岸時，曳擺的苦苓樹旁，正對着寒月村的小祠廟紅色的瓦頂閃着幽光，像一盞巨型火燭。「燕，去看看那是什麼，一路上都望着我們對我們微笑呢。」

他先爬上岸，行李放在苦苓樹下，再滑到河床抱寒月，也幫助虛弱的羅枝爬上陡凸的岸徑。「哪哪！」喜悅得叫喊：「落日山脈在月光下眞像一塊寶石，看那落日旅棧，祥和寧靜，眞的，以前不覺得這麼美，這麼樸實的。」

「像一塊未開發的處女地呢。」梁燕說：「以前的人只是路過，現在人們離去，它回復眞樸了。」

「我們就住這裏，就住這裏好嗎？每天還可以望着寒月山啊！寒月會喜歡的！」

說着說着風一吹身邊的蘆叢隨風撲偃，不遠處的祠廟的紅瓦屋頂亮閃着。梁燕先過去，逆着月光及漸明的晨光，蹲下身子，唸着碑：「寒月村村人祠位」，牆壁上淸楚記載村人全體被洪水覆滅的年月。

梁燕要羅枝趕快過來。

他抱着孩子把皮箱裏的枇杷拿出，再翻出昨天買的兩包餅乾上供，他抱着孩子和羅枝齊跪祭拜：「請擁護你的子孫陪伴你的子孫，讓我們在此建立家業，代代不絕！」

粱燕對羅枝說他離家那個晚上母親還帶他去寒月池南面的祠廟祭跪，要保佑他出外平安。「祖先們從海那邊過來，把更遠以前的祖先的魂引到寒月村的。」

「我們有阿爹他們保佑陪伴，住在落日村一定會代代圓滿平安的。」

「是的，枝。」他抱着寒月，仔細端望他，呢喃着：「孩子，你會喜歡這裏的，你會永遠感覺光榮的。」

他把護身符謹愼擺回祭臺上，對羅枝說：「阿爹沉香都已成爲神明了，黑夜以前的已是前生的恩怨，他們會體諒我們寬恕我們了。」

轉過身，遙向已有稀薄雨霧，閃着靑藍山嶙的寒月山脈三跪拜！再轉回頭對祠廟三跪拜！

「月光遍照日光臨，

神明擁護保安寧。」

朝陽此時刺破山後的烏雲，從寒月山脈尖凸的峯頂穿越燒趾溪上的雨霧披撒過來！

「啊！看到日出了！多麼壯麗啊！」

天整個亮了。一回頭，落日旅棧後的山巒或靑或綠層次鮮明地排出，樹羣歡舞歌唱，背後高聳的山脈脊背如一綿長不見頭尾的深藍巨龍，謙默蹲伏，「啊！天亮囉天亮囉！落日村也一樣壯麗哪！」

大雨連續下了三天三夜。

天將亮時雨停了，梁燕和羅枝抱着孩子到祠廟前，燒趾溪滾流洶湧，如一片大海汪洋，月光反射得四週有如白晝。寒月山脈蹲坐與落日山脈對談。山壁泉瀑以下全部爲水淹沒，寒月村已整個不見痕跡。他們正猜測着寒月池與棘樹林的位置，氤氳已像蒸發的水霧從池面飄昇，凝結。當晨光將從山背昇起，山壁旁，凝結的水霧突然開始飛昇。隱約看見山壁下，一陣巨浪有如一頭蛟龍閃亮麟光往海的方向衝奔而去，波濤翻騰久久不已。梁燕抱着孩子和羅枝並排跪立祠廟前，看着巨波向遠方失去。

「祖先們回去他們自己海那邊的原始故鄉了。」

此後高漲的溪水未曾退去。

每到夜晚，月亮從寒月山昇起後，便靜靜地在靜若明鏡的水面行走，使兩座山脈亮如白晝。不久，這以灼熱乾燥出名的燒趾溪終於改稱爲寒月溪。

月昇時，梁燕就帶着妻兒到岸上祠廟前散步，手指尖凸的笠狀寒月山峯下，仍閃熠水光在峭拔的岩壁間奔瀉不絕的泉瀑，對剛學會走路的梁寒月說：「那裏有阿爹和阿公的故鄉，永遠不再出現的故鄉，可是死後我還是要帶你阿娘跟着阿公他們一起回去的，那裏有我們種的果樹，我們開墾的田地，有一整排的苦苓紫白色的小花飄落滿地，那裏的月光，眞眞純潔呢！」

「可是，你不用去找我們，你只要好好記住落日村就可以了，寒月，懂嗎？……」

月光在燒趾溪的上空瞭望兩岸的山脈，祥雲湧集夜風鳴讚所有的山鳥隱入幽深的森林。

寒月拉着父母親走下岸坡。月光穿透雲層，把回家的路照得通明，寒月也牙牙跟着吟唸了：

「月光遍照日光臨，

神明擁護保安寧。」

•一九七八年四月寫•

滄海叢刊已刊行書目(四)

書名	作者	類別
清眞詞研究	王支洪	中國文學
宋儒風範	董金裕	中國文學
紅樓夢的文學價值	羅盤	中國文學
中國文學鑑賞舉隅	黃慶萱、許家鸞	中國文學
浮士德研究	李辰冬譯	西洋文學
蘇忍尼辛選集	劉安雲譯	西洋文學
文學欣賞的靈魂	劉述先	西洋文學
音樂人生	黃友棣	音樂
音樂與我	趙琴	音樂
爐邊閒話	李抱忱	音樂
琴臺碎語	黃友棣	音樂
音樂隨筆	趙琴	音樂
樂林蓽露	黃友棣	音樂
樂谷鳴泉	黃友棣	音樂
水彩技巧與創作	劉其偉	美術
繪畫隨筆	陳景容	美術
藤竹工	張長傑	美術
都市計劃概論	王紀鯤	建築
建築設計方法	陳政雄	建築
建築基本畫	陳榮美、楊麗黛	建築
中國的建築藝術	張紹載	建築
現代工藝概論	張長傑	雕刻
藤竹工	張長傑	雕刻
戲劇藝術之發展及其原理	趙如琳	戲劇
戲劇編寫法	方寸	戲劇

滄海叢刊已刊行書目（三）

書名	作者	類別
野草詞	韋瀚章	文學
現代散文欣賞	鄭明娳	文學
藍天白雲集	梁容若	文學
寫作是藝術	張秀亞	文學
孟武自選文集	薩孟武	文學
歷史圈外	朱桂	文學
小說創作論	羅盤	文學
往日旋律	幼柏	文學
現實的探索	陳銘磻編	文學
金排附	鍾延豪	文學
放鷹	吳錦發	文學
黃巢殺人八百萬	宋澤萊	文學
燈下燈	蕭蕭	文學
陽關千唱	陳煌	文學
種籽	向陽	文學
泥土的香味	彭瑞金	文學
無緣廟	陳艷秋	文學
鄉事	林清玄	文學
韓非子析論	謝雲飛	中國文學
陶淵明評論	李辰冬	中國文學
文學新論	李辰冬	中國文學
離騷九歌九章淺釋	繆天華	中國文學
累廬聲氣集	姜超嶽	中國文學
苕華詞與人間詞話述評	王宗樂	中國文學
杜甫作品繫年	李辰冬	中國文學
元曲六大家	應裕康 王忠林	中國文學
林下生涯	姜超嶽	中國文學
詩經研讀指導	裴普賢	中國文學
莊子及其文學	黃錦鋐	中國文學

滄海叢刊已刊行書目（二）

書名	作者	類別
印度文化十八篇	糜文開	社會
清代科學	劉兆璸	社會
世界局勢與中國文化	錢穆	社會
國家論	薩孟武譯	社會
紅樓夢與中國舊家庭	薩孟武	社會
財經文存	王作榮	經濟
財經時論	楊道淮	經濟
中國歷代政治得失	錢穆	政治
先秦政治思想史	梁啓超原著 賈馥茗標點	政治
憲法論集	林紀東	法律
黃帝	錢穆	歷史
歷史與人物	吳相湘	歷史
歷史與文化論叢	錢穆	歷史
精忠岳飛傳	李安	傳記
弘一大師傳	陳慧劍	傳記
中國歷史精神	錢穆	史學
中國文字學	潘重規	語言
中國聲韻學	潘重規 陳紹棠	語言
文學與音律	謝雲飛	語言
還鄉夢的幻滅	賴景瑚	文學
葫蘆・再見	鄭明娳	文學
大地之歌	大地詩社	文學
青春	葉蟬貞	文學
比較文學的墾拓在臺灣	古添洪 陳慧樺	文學
從比較神話到文學	古添洪 陳慧樺	文學
牧場的情思	張媛媛	文學
萍踪憶語	賴景瑚	文學
讀書與生活	琦君	文學
中西文學關係研究	王潤華	文學
文開隨筆	糜文開	文學
知識之劍	陳鼎環	文學

滄海叢刊已刊行書目(一)

書名	作者	類別
中國學術思想史論叢(一)(二)(三)(四)(五)(六)(七)(八)	錢穆	國學
兩漢經學今古文平議	錢穆	國學
湖上閒思錄	錢穆	哲學
中西兩百位哲學家	鄔昆如 黎建球	哲學
比較哲學與文化	吳森	哲學
比較哲學與文化(二)	吳森	哲學
文化哲學講錄(一)	鄔昆如	哲學
哲學淺論	張康譯	哲學
哲學十大問題	鄔昆如	哲學
老子的哲學	王邦雄	中國哲學
孔學漫談	余家菊	中國哲學
中庸誠的哲學	吳怡	中國哲學
哲學演講錄	吳怡	中國哲學
墨家的哲學方法	鐘友聯	中國哲學
韓非子哲學	王邦雄	中國哲學
墨家哲學	蔡仁厚	中國哲學
希臘哲學趣談	鄔昆如	西洋哲學
中世哲學趣談	鄔昆如	西洋哲學
近代哲學趣談	鄔昆如	西洋哲學
現代哲學趣談	鄔昆如	西洋哲學
佛學研究	周中一	佛學
佛學論著	周中一	佛學
禪話	周中一	佛學
公案禪語	吳怡	佛學
不疑不懼	王洪鈞	教育
文化與教育	錢穆	教育
教育叢談	上官業佑	教育